UN AMOR ENTRE ENTRE LA GLORIA Y EL PURGATORIO

UN AMOR ENTRE LA GLORIA Y EL PURGATORIO

Ramón G. Guillén

Número de Control de la Biblioteca del Congreso de EE. UU.:   2015905271
ISBN: Tapa Dura   978-1-5065-0279-3
                               Tapa Blanda   978-1-5065-0278-6
                               Libro Electrónico   978-1-5065-0277-9

Esta es una obra de ficción. Cualquier parecido con la realidad es mera
coincidencia. Todos los personajes, nombres, hechos, organizaciones
y diálogos en esta novela son o bien producto de la imaginación del
autor o han sido utilizados en esta obra de manera ficticia.

Información de la imprenta disponible en la última página.

Fecha de revisión: 09/04/2015

Para realizar pedidos de este libro, contacte con:
Palibrio
1663 Liberty Drive
Suite 200
Bloomington, IN 47403
Gratis desde EE. UU. al 877.407.5847
Gratis desde México al 01.800.288.2243
Gratis desde España al 900.866.949
Desde otro país al +1.812.671.9757
Fax: 01.812.355.1576
ventas@palibrio.com
711043

ÍNDICE

El Espejo de un Autor

Una frase romántica, un pensamiento filosófico, una frase poética, una lágrima, un dolor, una alegría, un deseo, una esperanza que escribe un escritor en su escritura no es más que su propio reflejo de sí mismo, de su ser más íntimo y profundo. Allí en su escritura se desnuda para dejar su corazón y su alma imprimidos en tinta y papel. Allí en su escritura se desnuda y se descubre para que vean en realidad quién es él, para que vean su verdadero ser, no importa cómo cobije o adorne sus historias, allí, está él, desnudo y sin máscaras para el que lo quiera ver.

Ramón G. Guillén

Capítulo 1

El Rey Carlos

El soldado llegó todo agitado con Marco al despacho del joven rey, y le dice al rey Carlos:

—Su alteza, el enemigo ya está muy cerca de la ciudad.

—¿Qué tan cerca?

Preguntó el rey.

—A dos o tres días de distancia.

Luego el joven rey le pregunta a Marco.

—¿Tienes listo el ejército?, Marco,

—Sí, su alteza.

—¿Ya llegaron todos los que fueron citados?

Volvió a preguntar el rey.

—Ya llegó la mayoría, y están por llegar más, se citó a todo hombre de dieciocho años de edad para arriba de todas las ciudades, el enemigo verá un ejército tan grande como nunca antes lo vio.

—Bien, esta vez no pelearemos.

Dijo el rey Carlos. Marco se fue de espaldas hacia atrás, y dice:

—No, lo entiendo, su alteza, tenemos un ejército cinco veces más grande que el del enemigo. No nos será difícil derrotarlo.

—Les daremos la mitad del tesoro del palacio para que se vayan sin pelear.

Dijo el rey.

Ahora Marco más confundido dijo:

—Todavía sigo sin entenderle, su alteza. Nunca hemos perdido una batalla, y en las últimas batallas usted peleó fieramente como también el ejército.

Luego el rey dijo:

—Negociáremos con el enemigo para no pelear, pero si quieren pelear estaremos listos. Divide el ejército en cuatro partes, atacaremos por enfrente, a los lados y por atrás.

Ya estando el ejército del rey Carlos al frente del enemigo, se juntó el rey Carlos y Marco con el líder del ejército enemigo, y el rey Carlos le dice:

—Como vez, Cornelio, Mi ejército es mucho más grande que el tuyo, si peleamos hoy, morirás tú y todos tus hombres también. Pero hoy es tu día de suerte, estoy dispuesto a dejarte vivo, y a darte la mitad del tesoro de mi reino para que te marches vivo, sin pelear, y nunca más regreses.

El rey hizo una seña para que acercaran la carreta que traía la mitad del tesoro del reino. Entonces Cornelio dijo:

—Y ¿por qué haces esto, si estás tan seguro de derrotar a mi ejército?

—Porque, hoy, no quiero que muera ningún hijo de mi reino, y que manche los campos con su sangre.

Cornelio se acercó a la carreta, miró el tesoro, y al ver tanta riqueza decidió aceptar. Uno de sus hombres tomó la carreta y se acercaron a su ejército, después, el ejército enemigo se empezó a marchar. Y el ejército del rey Carlos gritó por el triunfo.

Allá, en las colinas, se divisaba el castillo de la familia real. Era un castillo grande y hermoso, pues había sido construido con los mejores materiales que abundaban en esa región, como: el mármol, el granito y la piedra caliza, y con la mejor madera de los bosques de esas tierras. El lujo era incomparable a los reinos de esa nación. Pues era un reino rico y abundante por los tres ríos que cruzaban por esas tierras. El rey en el pasado había contratado a los mejores ingenieros para aprovechar el agua de los ríos, y construir canales de riego que llegaran a todas las tierras. Eran tierras muy prosperas y fértiles por el agua. En algunas parcelas había huertas de naranjo, de manzano, de durazno y otras frutas más. En otras parcelas sembraban el trigo, la fresa y toda clase de vegetales. En las colinas estaban los viñedos que daban las mejores uvas de la región. Todo el pueblo quería al rey y estimaba a su familia, porque era un hombre bueno y justo. Siempre estaba atento a las necesidades del pueblo. Y, en el pasado había luchado como una fiera para sacar a los invasores que en alguna ocasión quisieron apoderarse del reino. Hacía mucho tiempo que reinaba la paz por esas tierras, porque el rey siempre buscó la paz, y luchó para que se firmara un pacto de paz con los reinos que estaban alrededor.

El rey, desde el balcón de su alcoba miraba de frente hacia el valle abajo de la colina, y miraba los campos verdes donde la siembra era aún muy joven. Inclinó un poco más la mirada hacia las montañas y miró que la lluvia ya caía sobre ellas. Su balcón, era uno de sus lugares favoritos del castillo, porque desde allí miraba a su pueblo, los valles, los bosques y montañas. Y había alegría en su corazón, porque su reino tenía paz y, era un reino prospero donde había abundancia. Se sentía un hombre realizado, pues tenía a una mujer hermosa como esposa de la cual él estaba enamorado, y tenía dos hijos hombres, Miguel y Andrés, a los cuales él adoraba. De pronto sintió que su esposa le agarró la mano cuando ella llegó al balcón, pero su esposa no dijo nada, pues, no quiso interrumpirlo en sus pensamientos. Y, él le dice mirando jugar en el jardín a sus dos hijos con Emma y Juan; que eran los hijos de la cocinera:

—Mira, que feliz son ellos, que hermosa y maravillosa es su inocencia, en ellos no existen las clases sociales, el idioma, o las razas humanas: para ellos; Emma y Juan, son iguales a ellos.

Hubo un silencio y luego añadió:

—Necesito a una hija para ser completamente feliz.

—Te tendrás que esperar hasta que Miguel se case con alguna princesa de los reinos cercanos al nuestro.

Dijo la reina.

Luego el rey dijo:

—Faltan muchos años.

Luego entraron a la alcoba porque ya hacía frío por la tormenta que se acercaba cada vez más al pueblo y al castillo.

Capítulo 2

La pureza de la inocencia

El viento se mecía en las ramas de los árboles, doblaba los débiles tallos de las azucenas, agitaba las rosas, las gardenias y los jazmines, y el aroma de las flores, del romero y de laureles; penetraban el ambiente, el espacio y el lugar.

Los niños seguían jugando en el jardín sin importarles si hacía frío, o si la lluvia se acercaba. Miguel y Emma se sentaron en una barda de piedra caliza para descansar del juego, luego Miguel se para en la barda, y alzando su espada de madera dice:

—Cuando sea grande, ayudaré y defenderé al pueblo, y seré un gran luchador como lo fue mi padre.

Luego brincó de la barda, y al tocar tierra se torció el tobillo, y se dejó caer al suelo quejándose. Emma fue enseguida en su auxilio, y le dice:

—Te voy a quitar la bota.

—¡Creo que me he quebrado el tobillo!

Dijo Miguel.

Emma al remover la bota: Miguel se queja y, Emma le dice:

—No seas cobarde; entonces, ¿cómo dices que vas a defender al pueblo cuando seas grande?

Miguel se molesta, porque Emma lo llama cobarde, y dice:

—¡No soy cobarde!, y tú, no eres quien se quebró el tobillo… y ya te viera en mi lugar, estarías llore y llore, porque las mujeres lloran de nada.

Luego Emma le dice:

—Mueve el tobillo hacia la derecha, hacia la izquierda, hacia arriba y hacia abajo: no está roto, estás bien.

Luego Miguel dice:

—Y tú… ¿Cómo sabes?, tú no eres doctor.

—Ah, pues, así, examina mi mamá a Juan cuando él se tuerce el tobillo.

Empezaron a caer las gotas de la lluvia con granizo, Andrés y Juan corrieron hacia el granero más cercano, y Emma ayudó a Miguel a levantarse, luego le brindó su hombro y caminaron hacia el granero donde estaba Andrés y Juan. Los cuatro se acostaron en la paja escuchando la lluvia caer, y ahí, se durmieron por un rato.

Jesús abrió la puerta del granero, y vio a los cuatro niños dormidos sobre la paja, y serró lentamente la puerta para no despertarlos. Jesús era un trabajador que se encargaba de cuidar a los niños sin que ellos se dieran cuenta.

Al cabo de una hora cesó la lluvia, los niños se despertaron, se pararon y se fueron directamente a la cocina, pues, ya tenían hambre. Cuando llegaron a la cocina; las mujeres preparaban ya la comida de la cena, Emma agarró un durazno de la frutera, mientras que los otros niños se fueron directamente a los postres, cuando estando a punto de agarrar unos postres; Lucía que era la cocinera encargada y la mamá de Emma y de Juan; les grita:

—¡No!, no agarren nada de allí, vengan, acá tengo sobrantes, esos postres ya están listos para la cena.

Y así, lo hicieron los niños. Cuando Juan terminó de comer el dulce que le sirvió su mamá, su mamá le dice:

—Juan, ve a traer más leña y la pones aquí al lado del horno.

Donde ella ya horneaba el pan. Luego le dice a Emma:

—Y tú, Emma, ve a lavarte las manos; a cambiarte de ropa; te amarras el cabello y bienes a ayudar a servir la mesa.

Después, Miguel y Andrés salieron de la cocina, y cruzaron el grande comedor hacia las salas donde se encontraban las escaleras para subir a sus habitaciones.

La siguiente mañana, Emma cruzó corriendo las salas que llevaban a las escaleras para subir a la habitación del pequeño príncipe Miguel, y antes de llegar a las escaleras se encontró con la reina Sofía, y Emma le dice:

—Hola, Sofía.

Y sin decir nada más subió las escaleras corriendo.

La reina Sofía sin saber si Emma la escuchaba o no, dijo:

—Emma, te he dicho que no corras por las escaleras, te puedes caer niña.

Y movió la cabeza en desaprobación.

Emma abrió la puerta del cuarto de Miguel, y lo vio todavía acostado en la cama, y arrojándose a la cama a un lado de él, le dice:

—Vamos, Miguel, levántate, que después del desayuno Juan y yo queremos enseñarte lo que descubrimos.

Emma se acostó, estiró su cuerpo con la vista hacia arriba viendo los ángeles dibujados en el techo. Luego Miguel se sienta y viendo a Emma, le Pregunta:

—¿Qué descubrieron?

—Es una sorpresa.

—Pues dime, a mí no me justan las sorpresas.

—No te voy a decir, es una sorpresa.

Y diciendo estas palabras se levantó de la cama y salió del cuarto de Miguel.

Cuando bajó las escaleras ve de vuelta a la reina Sofía, y Sofía le pregunta:

—¿Ya despertaste a Miguel?, hija.

—Sí, Sofía.

—A ver cuéntame, qué tan importante le tenías que decir a Miguel que subiste las escaleras sin hacerme caso.

—Juan y yo descubrimos un lugar al lado del río donde nos podemos meter al agua sin peligro, y queremos enseñárselo a Miguel y a Andrés después del desayuno.

—Muy bien, hija, pero no vayan a faltar a clases.

—No, claro que no, te lo prometo.

Dijo Emma, y se retiró.

Se acercó el rey Carlos a la reina Sofía, y dice:

—Emma, es una niña muy impetuosa.

—Ya aprenderá a controlar su energía cuando esté más grande.

Dijo la reina Sofía.

Terminó Miguel y Andrés de desayunar, y Emma y Juan ya esperaban afuera para llevarlos al estanque que descubrieron ella y su hermano Juan. Luego Miguel dice:

—¿Qué es lo que nos van a enseñar?

—Ya que lleguemos van a ver.

Dijo Emma y Caminaron ascendiendo la colina.

Cuando ya cerca, dice Emma.

—¿Están listos?

—Sí.

Dijo Miguel:

Emma dijo:

—Allí, Está.

—El Agua.

Dijo Miguel.

—¡No!

Dijo Emma, y luego volvió a decir.

—¿No lo ves?

—No.

Dijo Miguel.

Luego Emma dice:

¡Hay! Los hombres que están ciegos. Es un lugar donde nos podemos bañar sin peligro de que el río nos arrastre.

Y diciendo estas palabras Andrés y Juan se desvistieron y se arrojaron al agua. Emma se quitó su vestido y se arrojó al agua con su fondo interior, y le dice a Miguel:

—El agua está rica, ven metete.

Miguel se quitó los zapatos y la camisa y se arrojó al agua, luego le dice a Emma:

—Sí, está bonito este lugar.

Pasaron horas en el agua que se olvidaron de las clases. Cuando regresaron al castillo ya los esperaba una mujer para ser conducidos hacia adonde los esperaba la reina. Y la reina le dice a Emma:

—Emma, tú me prometiste que no iban a faltar a clases, faltaste a tu palabra.

Emma hincándose en una rodilla dice:

—Perdóneme, mi señora, se nos fue el tiempo en el agua.

La reina dijo:

—Los cuatro están castigados, por una semana no faltaran a clases, y no podrán jugar juntos. Se pueden retirar.

El siguiente día, llegó Emma y Juan al salón de clases donde ya estaban los hijos del rey, así como los hijos de los familiares de los reyes también, y el maestro empezó con la clase de historia universal.

Pasó la semana de castigo, y saliendo de clases, se acercó Andrés, Juan y Emma a Miguel, y Emma le dice:

—Ayer fue el último día de castigo, ¿quieres ir al río a bañarte?

La escucharon los niños que estaban alrededor y les preguntaron si ellos también podían ir. Llegaron al estanque y todos se metieron al agua, y se escucharon las risas y los gritos de alegría de todos los niños.

El siguiente día, Emma pasó corriendo por uno de los pasillos del palacio rumbo a la habitación del príncipe. Tan pronto como vio a la reina Sofía dejó de correr y empezó a caminar, estando ya cerca de la reina Emma se inclinó viendo a Sofía a los ojos, y dijo:

—Mi señora.

La reina Sofía le dijo:

—Ya se te olvidó que estás castigada, y no puedes jugar con Miguel por una semana.

Emma contestó:

—No, mi señora, hace dos días que pasó el castigo.

—¿Ya pasó una semana?

—Sí, mi señora.

—Y ahora, ¿qué tienes que decirle a Miguel?

—¡Oh!, no se los puedo decir.

—¿Por qué, no?

—Porque es un secreto.

—Bien, ve con Miguel, pero no corras.

Dijo la reina con una sonrisa.

Emma abrió la puerta del cuarto de Miguel, pero Miguel no estaba allí, entonces se dirigió hacia la sala de estudios donde se encontraba Miguel, y dice:

—Miguel, vamos, que vi un conejo que necesita nuestra ayuda.

—¿Un conejo?

Preguntó Miguel extrañado.

—Sí, lo vi cojeando de una pata allá en las rocas.

—No, no quiero ir.

—Miguel, necesita nuestra ayuda, entonces, por qué dijiste que cuando seas grande vas a ayudar y a defender a tu pueblo.

—Sí, pero no un conejo.

—Pues el conejo está en tu reino, y lo tenemos que ayudar.

Dijo Emma con severo tono de voz, como dándole una orden al pequeño príncipe.

—Bien, llévame, a donde viste el conejo.

Emma y Miguel llegaron a donde estaba el conejo, y Miguel le dice a Emma:

—No lo agarres, te puede morder.

Andrés y Juan llegaron a donde estaba Emma y Miguel, y Emma les dice:

—Está herido, parece que tiene la pata rota.

Luego lo agarró en sus brazos y volvió a decir:

—Tenemos que llevarlo a un lugar para curarlo y darle agua y comida mientras se alivia. ¡Ah! Y este es un secreto, nadie debe saber que lo tenemos. Juremos que no vamos a decir nada.

Llegaron al granero y allí Emma rompió parte de su vestido para entablillar la pata del conejo.

Los niños siguieron bañándose al lado del río en el estanque que descubrió Emma y Juan, asistiendo a clases, y con sus juegos de niños.

Capítulo 3

El Adiós De La Infancia

Pasaron unos años y Emma y Miguel empezaron a dejar atrás su infancia. Y un día que Emma ayudaba a su mamá Lucía en la cocina, Lucía le dice a Emma:

—Emma, hija, ya no eres una niña, ya tienes que dejar de jugar tanto, y ser más responsable, también tienes que empezar a respetar a la reina Sofía, a sus hijos, hija, ellos no son iguales a nosotros, ellos son la familia real.

—Sí, mamá.

Contestó Emma.

En eso llegó el joven príncipe, y le dice:

—Emma, ¿quieres ir a cabalgar conmigo? Tengo una sorpresa para enseñarte.

—¿Qué es?

—Es una sorpresa.

Emma miró a su mamá a los ojos, y Lucía le dice:

—Está bien, pero no lleguen tarde.

Bajaron la colina en los caballos, y se dirigieron hacia el valle donde estaban las huertas de durazno, manzano, naranjo y otras frutas más. Y el ambiente estaba penetrado de perfume por los azares, pues todos los árboles estaban llenos de flores por la primavera, unos de color de rosa, otros de color blanco, y algunos de color rojo, Emma quedó impresionada por la belleza del panorama, y Miguel le pregunta:

—¿Te gustó la sorpresa?

—Sí, Miguel, esta es la mejor sorpresa que me has dado en toda la vida.

—Sabía que te gustaría.

—Sí, es maravilloso.

Desmontaron de los caballos y caminaron entre los árboles, y después de un rato volvieron a montar los caballos para regresar al palacio. Por el camino de repente del suelo se alzó una parvada de pájaros la cual asustó a los caballos, el caballo de Miguel se paró de manos, y Miguel cayó al suelo mientras el caballo se alejaba.

Emma desmontó del caballo para auxiliar a Miguel, soltó al caballo y el caballo salió corriendo.

—No te muevas Miguel, déjame revisarte. A ver mueve el cuello, levanta las manos, estira los pies, ¿te duele algo?

—No, no me duele nada.

—Estás bien, te puedes levantar.

—Y, ¿tú cómo sabes?, tú no eres doctor.

Y diciendo estas palabras mientras reía, Miguel jaló a Emma hacia él, Emma cayó encima de su cuerpo, luego Emma le mueve el pelo hacia atrás y le dice:

—Me asusté mucho cuando te tumbo el caballo. Gracias a Dios que no te pasó nada.

Y por primera vez Miguel sintió muy bonito al tener a Emma tan cerca de él. Emma se levanta, y dice:

—Y ¿los caballos?

—No te preocupes, luego vienen a recogerlos.

Luego Emma dice:

—Pues tenemos que caminar hasta el palacio. Caminemos por entre en medio del pueblo.

Y el joven príncipe y Emma partieron rumbo al castillo sin sus caballos. Ya caminando entre el pueblo algunas personas que lo reconocían decían "es el príncipe Miguel acompañado de Emma" y lo saludaban mientras caminaba hacia el castillo de la familia real.

Capítulo 4

Diosa Del Amor Y De La Belleza

Y así, pasaron ocho años, Emma ayudando a su mamá en los deberes de la cocina, y sirviendo las comidas en el comedor. Lo cual a ella le gustaba mucho hacer ese trabajo, pues, ella sabía las clases de comida que le gustaban al príncipe Miguel, e incluso en ocasiones ella cocinaba exclusivamente aparte las comidas que le gustaban al príncipe.

Las responsabilidades que se le daban al joven príncipe cada día eran más grandes, lo cual habían hecho poner una distancia entre la amistad de Emma y de él. Al igual que la importancia de ser una señorita; la cual debía de dejar los juegos de niños y portarse a la altura: de acuerdo a su madre; e hizo a Emma alejarse más del príncipe. Emma ya había dejado la niñez y se había convertido en toda una señorita, dotada de una belleza y una figura esplendorosa: su cabello largo negro como la noche, sus ojos entre cafés y verdes hacían armonía con el color de la tez de su piel entre blanca y morena, pero más cerca al color de la miel de colmena, sus labios rojos de un color natural, su cuello largo de marfil, y su cuerpo delgado era atrayente. Era como si la belleza de Venus y Afrodita diosas del amor y de la belleza se hubiera posado en ella. Su caminar y su vestuario eran elegantes, pues, su mamá aparte de ser una buena cocinera; también era una buena costurera que sacaba de apuros muy a menudo a la reina de algún problema de vestuario.

El príncipe Miguel bajó al pueblo con sus amigos dirigiéndose a la taberna del pueblo, y muchos del pueblo le daban la bienvenida al pueblo. Antes de llegar a la taberna uno de los amigos del príncipe viendo las carrozas de los gitanos y a las mujeres gitanas hermosas que bailaban al son de los violines dice:

—Miremos bailar a estas hermosas gitanas, y luego quiero que me digan mi suerte.

Desmontaron de los caballos los cinco jinetes, y observaron a las hermosas gitanas bailar. Terminaron de bailar y las gitanas empezaron a colectar monedas, una hermosa gitana se acercó a Miguel y Miguel le dio una moneda de oro, la gitana al ver la moneda de oro lo toma de la mano y le dice:

—Ven, te mereces que te lea tu futuro.

—No, gracias, yo no creo en eso.

—No importa si crees o no, te voy a decir tu futuro.

Y jaló a Miguel a la tienda.

—Dame tu mano... Veo muchas lágrimas, porque estás encerrado en una jaula de oro como la moneda que me regalaste.

El príncipe dijo:

—Qué no se supone que me tienes que decir que vez a una hermosa mujer en mi futuro, salud y prosperidad... De todas maneras te has equivocado, porque yo soy libre como un ave.

—Entonces no me crees.

—No, yo te dije que yo no creía en estas cosas.

—Bien, de todas maneras, gracias por tu moneda de oro, nadie nunca antes me dio una moneda de oro.

Dijo la bella gitana, y luego salió Miguel de la tienda.

Llegó el príncipe Miguel a la taberna con sus amigos, y todos les daban la gran venida. Se acercaron las mujeres de la taberna a atenderlos y se escuchó una voz alta que dijo:

—Que el príncipe Miguel y sus amigos tomen lo que quieran, los gastos corren por mi cuenta.

Tomaron cerveza, escucharon la música, jugaron a las cartas, y convivieron con los hombres y mujeres que se encontraban en la taberna.

Emma cocinaba el plato especial que le gustaba al príncipe Miguel, y su mamá le pregunta:

—Hija, ¿es un día especial hoy qué le cocinas el plato que más le gusta al príncipe Miguel?

—Sí, mamá, hoy es su cumpleaños.

—Y, ¿ya está listo? Porque ya vamos a empezar a servir.

—Sí, mamá, pueden empezar a servir. Enseguida le sirvo a Miguel.

Emma le sirvió a Miguel, y luego le dijo:

—Te preparé el plato que más te gusta, porque hoy es tu cumpleaños.

—Gracias, Emma, debe de estar delicioso, como siempre.

Emma se retiró con una sonrisa del comedor. Y la reina la siguió con la mirada hasta que salió del comedor.

Más tarde la reina Sofía mandó llamar a Emma, Cuando Emma llegó, Emma pregunta:

—¿Me mandó llamar?, su alteza.

—Sí, hija, pasa, pero no me llames su alteza, ni mi señora, llámame como toda la vida me llamaste: Sofía, siempre me gustó escuchar mi nombre en tus labios, cuando escuchaba Sofía en tu voz era como una pequeña canción a mis oídos. ¿Por qué dejaste de llamarme Sofía?

—Mi mamá.

—No le hagas caso a tu madre. Mira, hija, hoy tenemos una visita muy importante, nos visita un hombre muy rico y muy importante de Persia, y quiero que tú me ayudes a peinarme y a vestirme.

—¿Y tu modista, y tu peinadora?

—Ellas no tienen el toque especial que tú tienes. Escoge el vestido que sea más adecuado.

—¿Es una fiesta o una junta?

—Es una junta de negocios.

—Bien, éste es el adecuado para una junta. Ahora siéntate aquí para peinarte.

—Hoy te vi en el comedor que atendiste muy bien a Miguel.

—Sí, le preparé el plato que a él le gusta porque hoy es su cumpleaños.

—¡Es verdad!, hija, mira, tú fuiste la única que se acordó.

Después de que Casandra peinó a la reina la ayudó a vestirse, y la reina le dice a Emma:

—Emma, mira, todos estos vestidos ya no los uso, ya no me quedan, ya no estoy delgada como tú. Mira, a ver pruébate este.

Emma se puso el vestido, y la reina dice:

—Te queda muy bien, hija, a la mera medida, ya no te lo quites, déjatelo puesto. Cuando tengas tiempo traes a uno de los criados para que te lleve los vestidos a tu casa, te quedas con los que quieras y los demás si quieres los regalas entre las muchachas de la servidumbre. Ahora escoge el collar que debo ponerme. ¡Ah!, mira, Emma, este collar nunca lo he usado. Te lo regalo.

—Está hermoso, Sofía.

—A ver, déjame ponértelo, se te ve muy bonito Emma.

—Gracias, Sofía.

Sonaron a la puerta, Emma abrió y el criado dijo que ya esperaban a la reina.

—Vamos, hija, acompáñame a las escaleras.

El rey Carlos, el príncipe Miguel y el extranjero de Persia: empezaron a ver a las dos mujeres que bajaban las escaleras, y el rey Carlos se dio cuenta que la atención fue hacia Emma de parte de su hijo y del extranjero. Terminaron de bajar las escaleras y el extranjero se inclinó en reverencia saludando a las mujeres. Emma se retiró de allí, y los cuatro entraron al salón de conferencia. Una vez terminada la conferencia; el extranjero dice:

—Con todo mi respeto, su alteza, no quiero irme sin decir que la princesa de este reino es la princesa más hermosa que he visto.

Una vez que salió el extranjero de la junta, el rey Carlos dice:

—Si yo hubiera tenido una hija; me hubiera gustado que fuera como Emma.

Después de la junta, Miguel buscó a Emma y la encontró caminando por el jardín observando las flores. Miguel se acercó y le dice:

—El extranjero de Persia dijo que tú eres la princesa más hermosa que él ha visto.

—En verdad, Miguel.

—Sí, Emma.

—Y tú ¿qué opinas?

—Que dice la verdad, tú eres la princesa más hermosa que también yo he visto en toda mi vida.

Las mejillas de Emma enrojecieron, y luego dice:

—Gracias, Miguel. Mira, qué hermoso se mira todo el jardín, está lleno de flores por doquier.

Empezó a caer la lluvia y los dos se metieron al granero.

—Esta es la segunda vez que estamos aquí por el agua. ¿Te acuerdas Emma?, la primera vez fue cuando éramos niños. Y nos acostamos en la paja escuchando la lluvia caer y esperando a que dejara de llover.

—Sí, Miguel, como olvidarlo, pero entonces éramos niños inocentes.

—¿Qué quieres decir con eso? ¿Qué ya no te atreves a que nos acostemos en la paja a escuchar la lluvia caer y esperar que cese para salir de aquí?

—Sí, Miguel, además, no quiero arruinar mi vestido.

—Te juro que no se va a arruinar.

Emma se sintió en peligro por sus sentimientos de ella, y porque su sangre le quemaba sus venas al sentirla correr por todo su cuerpo, y dijo:

—Tengo responsabilidades en la cocina, debo irme.

Y salió del granero sin decir nada más.

Pasaron algunos meses, y Miguel volvió a bajar al pueblo rumbo a la taberna del pueblo con dos de sus amigos, y viendo una caravana diferente de gitanos dice uno de los amigos:

—Voy a que me digan mi suerte.

—¿Tú crees en eso? Carmelo.

Le pregunta Miguel.

Carmelo contestó:

—No, pero es divertido. Además, se siente bonito que una hermosa gitana te agarre la mano.

Desmontaron los tres jinetes, se acercaron a las gitanas, y una gitana anciana le pregunta a Miguel:

—¿Te leo tu futuro?, joven.

—No, gracias, yo no creo en esto.

—Hagamos una cosa, si no te gusta lo que te digo, no me pagas.

—Bien.

Dijo Miguel.

Y entraron a la tienda. Se sentó Miguel enfrente de ella, y Miguel le pregunta:

—¿Qué mano quieres?

—Dame la mano que tu quieras.

Miguel le dio la mano, y dice la Gitana:

—Veo…, lágrimas, dolor, veo mucha riqueza…, pero tendrás que dejar todo para ser libre, y eso te causara un gran dolor… Si no te gustó lo que te dije, no me tienes que pagar.

Miguel se acordó que la otra gitana casi le dijo lo mismo: algo sin sentido, pero se compadeció de la anciana gitana y le dio una moneda de oro. Y la gitana le dice:

—Esto es mucho, hijo.

Miguel le puso sus dos manos en las manos de la gitana, y salió sin decir nada. Luego se dirigieron a la taberna. Por el camino, un grupo de mujeres jóvenes que estaban afuera de una fiesta ven venir al príncipe Miguel y se empezaron a decir entre ellas:

—Allí viene el príncipe Miguel.

Y todas estaban emocionadas porque por ahí pasaba el príncipe. El príncipe Miguel desmotó de su caballo, y ellas empezaron a decir:

—Su alteza, bien venido al pueblo.

El príncipe Miguel les dice:

—Llámenme, Miguel, como mi nombre.

Y empezó a darles la mano. Y todas se acercaron a él a saludarlo y a llamarlo Miguel.

Los amigos de Miguel desmontaron al ver el ramillete de mujeres, se acercaron y todas las mujeres los rodearon. Luego llegó el rumor a la pareja que se había casado de que el príncipe Miguel estaba afuera; la pareja salió, saludaron al príncipe y le pidieron que los acompañara en su fiesta, y las muchachas les dijeron que amarraran los caballos porque no los dejarían marcharse. Ellos amarraron los caballos y luego fueron jalados por las muchachas hacia la fiesta. Los sentaron a la mesa y luego las muchachas les sirvieron vino, cerveza y comida. Miguel vio a Emma sentada a la mesa, conversando con un grupo de hombres y mujeres, Emma ya se había dado cuenta que el príncipe había entrado a la fiesta por el alboroto de las mujeres. Y Miguel se olvidó de todo al ver a Emma ahí. Emma se acercó y Miguel y sus amigos saludan a Emma, y Miguel le pregunta:

—¿Qué haces aquí?

—La novia es mi prima.

Se acercaron algunas jóvenes mujeres y jalaron a los amigos del príncipe para bailar al son de la música, luego jalaron a Emma y a

Miguel para que bailaran donde todos bailaban con los novios. Se llegó la noche y Emma le dice a Miguel:

—¿Me llevas a mi casa?

—Sí, Emma.

Emma se despidió de sus familiares, y el príncipe de sus amigos, y salieron de la fiesta. Y Emma le pregunta a Miguel:

—¿Podrás montar el caballo?, Miguel. No, no lo montes, caminemos.

Capítulo 5

El despertar Del Amor

El príncipe Miguel se daba cuenta de las miradas que le hacían a Emma los visitantes al castillo, los guardias, los amigos o parientes hombres de él: pues, cuando Emma pasaba dejaba la fragancia de una rosa roja. Y se decía:

—No debe importarme.

Pero luego reflexionaba.

—La verdad que sí me importa. ¡Oh, he serrado por tantos años las puertas de mi corazón al amor!, y la verdad que quiero a Emma desde que era un niño; desde aquel día que me auxilió cuando brinqué y me torcí el tobillo. Y sé que ella también me quiere por el gran afecto que siempre me ha demostrado. ¡Oh! ¿Por qué no puse mis ojos en una de las hijas de los señores de la corte? O, ¿en alguna princesa de los reinos cercanos?

Y serró sus ojos al sentirlos llenos de lágrimas. Y se dio cuenta que no lloraba desde que era un niño.

—Y, ¿por qué lloro? ¿Acaso lloro por el dolor que me traerán los días venideros por amar a Emma?

Se preguntó a sí mismo, pues, él sabía que sus padres jamás permitirían que él se casara con Emma, porque no venía de una familia que perteneciera a la nobleza. Y sintió una gran melancolía acompañada de una gran soledad en su corazón, y sintió de vuelta las lágrimas rodar por sus mejillas. Luego se acostó tristemente en su cama pensando en lo mucho que quería a Emma.

La mañana siguiente, Miguel vio a Emma cortando rosas en el jardín, y se dirigió hacia ella. Cuando llegó a ella, él la llama:

—Emma.

Emma volteó y vio a Miguel parado frente a ella, y le dio mucho gusto, pues, hacía mucho tiempo que no se encontraban a solas, y le dice con tierna y dulce voz:

—¡Hola, Miguel!, ¿cómo estás?, tanto tiempo que no estamos juntos.

Miguel miró a Emma a los ojos y no dijo nada. Emma siguió cortando las rosas y poniéndolas dentro de una canasta, luego Emma, le dice:

—Mira, que rosas tan hermosas, ¿cuáles te gustan más: las blancas o las rojas?

Miguel no dijo nada de vuelta, pues seguía viendo a los ojos de Emma, y por primera vez daba libre a sus pensamientos y emociones, y observaba la belleza de Emma mientras Emma seguía cortando las flores. Luego dice:

—Que belleza hay en este jardín, y cuantas veces no jugué aquí; sin darme cuenta de la belleza que hay aquí.

Y sintió que la fragancia de las rosas penetraba su alma y su corazón, y siguió mirando a Emma; a esa imagen que no mostraba humildad, pues, Emma era una mujer hermosa y elegante, y además muy preparada, pues, la reina había permitido que Emma y Juan asistieran a las clases que les impartían los maestros privados a los hijos de los reyes en el palacio. Emma aprendió literatura, historia universal, a tocar el piano, a bordar y hasta francés. Muchas veces se escuchó un rumor que en este palacio había una princesa muy bella, y en realidad se referían a Emma, porque cuando llegaban visitantes al palacio y veían a Emma; no les quedaba la duda de que estaban viendo a una princesa del palacio. Emma era noble y pura, y su pureza le hacía frágil su corazón como los pétalos de las flores que cortaba. Luego Miguel le dice:

—Camina conmigo, Emma.

Emma le dio las tijeras con las que cortaba las rosas a la muchacha que cargaba la canasta ya casi llena de flores, y salieron del jardín hacia las afueras del castillo, y ascendiendo la colina le dice Emma a Miguel:

—¡Mira!, cuánto tiempo hacía que tú y yo no caminábamos a solas.

Emma se sentía feliz de caminar al lado de Miguel. Miguel caminaba silencioso, metido en sus pensamientos, mirando hacia el valle y las montañas, y el paisaje le parecía maravilloso, y se decía en su adentro:

—He estado ciego por mucho tiempo, ahora que le he abierto las puertas de mi corazón al amor puedo ver la belleza de lo exterior y la belleza de lo interior.

Pues, podía transcender al interior de Emma y ver la dulzura y la virtud del alma de Emma. Metido en el mundo de sus pensamientos lo interrumpe Emma: pues, habían llegado cerca del río y al estanque donde se bañaban cuando eran niños.

—Mira, ¿te acuerdas cuantas veces nos bañamos ahí, cuando éramos niños? Que felices éramos entonces.

—Y, ¿ya no lo eres?

Le pregunta Miguel.

Ella no contestó y se quedó mirando el agua que resplandecía con los rayos del sol mientras recordaba su infancia. Miguel sintió que una fuerza muy poderosa lo acercaba a Emma, y al mismo tiempo sentía un temor muy grande en su alma, y ya no pudo más, y tomó a Emma en sus brazos, y la besó, y sintió que Emma se entregó a ese beso; dócil, y sin resistencia, y, eso hizo que desapareciera el temor de su alma. Emma sintió que se le derritió el corazón, y no tuvo las fuerzas para apartar esos labios que había deseado toda la vida, y se entregó a ese beso celestial. Y, ella quitando los labios de ese beso largo y profundo, le dice a Miguel:

—¿Por qué has hecho esto? ¿Por qué me has besado?

Miguel contestó:

—¡Ya no puedo ocultar este amor que siento por ti!, lo he callado por tanto tiempo, y he querido que tú lo sepas, y sé que tú también me quieres; lo he sabido desde que éramos niños.

—¡Oh!, amor mío, con ese beso me has dado la muerte, porque con ese beso has abierto las puertas de mi corazón al amor, y al mismo tiempo me has entregado a las blancas alas de la muerte, porque ahora me moriré poco a poco cada día, porque no podre tenerte. Sí, yo también te amo desde que era una niña, pero, vivía en la conformidad, porque sabía que jamás podría alcanzar tu amor. Y, sí; me gustaba soñar de niña que tú mi príncipe venías a rescatarme de ogros y dragones; pero sabía que eran sueños que no se harían realidad.

Luego Miguel la vuelve a tomar entre sus brazos y la vuelve a besar. Emma sintió que le temblaban las piernas y que las fuerzas le faltaban para sostenerse. Y Miguel con esos besos incendió una llama en el corazón de Emma, y esa llama le quemaba el pecho.

Luego Emma le dice:

—Ya debo regresar.

Y así, partieron rumbo al castillo los dos sin decir nada, con una distancia tan inmensa que les causaba una agonía profunda en el alma, y en el corazón, porque pudiendo regresar tomados de la mano; caminaban separados.

Al mismo tiempo, Miguel estaba metido en un mundo de éxtasis por la fragancia de los besos tan dulces y celestiales de Emma. Por el otro lado, a Emma aún le temblaban las piernas, y la llama que ardía en su corazón le lastimaba el pecho.

Y Emma se dijo en silencio en lo más profundo de su corazón:

—¡Oh, el amor es más grande que la gloria, más grande que el tiempo, más profundo que el mar, y más poderoso que la muerte!

Y supo que sus vidas ya no serían las mismas de ayer, porque con ese beso celestial; entraron a la gloria y al purgatorio.

Esa noche no pudieron dormir ambos. Miguel pensando y metido todavía en el éxtasis de aquel beso. Por el otro lado, Emma, con el dolor profundo de haber besado esos labios; pues, ese beso: a uno le causó felicidad, y a otro; ¡una pena y un dolor muy grande y profundo!

La mañana siguiente, Emma sirvió el desayuno con la vista baja y sin decir nada, lo cual la reina Sofía notó, pues, Emma era una de las personas que siempre miraba de frente y no bajaba la vista ante nadie. Después de que Emma terminó de servir no regresó más al comedor. Miguel por más que había

tratado de hacer contacto visual con Emma
no pudo. Y salió del comedor casi sin tocar su
comida y sin despedirse. La reina Sofía tuvo
un presentimiento en lo más profundo de su
corazón, y pensó lo que tanto temió por tantos
años, pues ella siempre supo cuanto Emma
quería a Miguel por el gran afecto que siempre
demostró Emma hacia su hijo, pero nunca
temió de Emma, porque Emma era una mujer
inteligente y sabía cuál era su lugar, y la reina
Sofía sabía que Emma nunca le revelaría su
amor a Miguel. No, el temor, nunca fue hacia
Emma, sino hacia su hijo, pues, ella sabía que
el amor que sentía su hijo por Emma; dormía
en lo más profundo de su alma y de su corazón,
y tenía la esperanza de que ese amor nunca
despertara.

El príncipe Miguel se fue directamente a la
cocina a buscar a Emma, y le pidió que saliera
a caminar con él. Caminando ya por el jardín
sintieron el calor suave de los rayos del sol.
Aún la brisa de la mañana estaba presente y
se fundía con los rayos del sol mágicamente.
Caminaron hacia una esquina del jardín donde
un manantial bajaba de la colina y formaba un
estanque donde jugaban los peces y nadaban
los patos, y donde el bambú era alto: un lugar

privado donde nadie los podía ver, ni perturbar la escena que estaba a punto de empezar.

Miguel tomó a Emma en sus brazos y la besó con un beso ardiente y apasionado; sediento de besar esos labios. Emma se entregó a ese beso como la luna se entrega a la noche, como el sol se entrega al día a la amanecer, como el manantial que bajaba de la colina se entregaba a ese estanque donde nadaban los peces y los patos.

Luego Miguel le dice:

—¡Oh, amor mío, ya nadie podrá separar este amor que siento por ti!

Ella le respondió:

—¡No, mi amado!, no digas eso, nos separan tu nombre y tus riquezas, tus obligaciones y tu porvenir: cuántas veces no escuché a tu padre decir que tú te casarías con una de las princesas de los reinos más cercanos. Y sí, yo ya te amaba, pero sabía que lo único que yo podía hacer era amarte en silencio y solamente soñar contigo, porque nunca podría alcanzar tu amor, porque tu amor era como tratar de alcanzar una estrella. Sí, mi amigo del alma y de mi corazón, yo soñaba desde niña que tú me rescatabas de ogros y dragones, y era feliz soñando, y cuando crecí; mis sueños eran que casados tú y yo vivíamos en una casa allá, más arriba en las montañas, y mirábamos felices a nuestros hijos jugar en nuestro propio jardín. Y mi vida estaba en paz, porque vivía en la conformidad y con mis sueños: pero ahora has despertado el amor dormido que moraba en mi alma y corazón, y con eso has destruido esos sueños, como cuando llegan los vientos tempestuosos y destruyen las flores del jardín.

Luego guardó silencio por un momento, y continuó.

— En tu primer beso sentí la gloria, pero también dejó una desolación en mi alma y en mi corazón, ¿por qué, cómo puede vivir una persona lejos de la gloria después de haber entrado en ella?

Miguel replicó mientras sentía el corazón de Emma palpitar en su pecho:

—No, yo no me casaré con nadie que no seas tú, ya no podría querer a nadie, porque mi corazón te pertenece solamente a ti.

Luego Emma besando sus labios, le dijo:

—Ya debo irme.

Y así, se marchó Emma rumbo al palacio.

Miguel permaneció en ese lugar; todavía sintiendo el palpitar del corazón de Emma en su pecho, y embriagado por la fragancia de los besos de Emma: y donde el amor construyó un altar de pureza, y debajo del: Miguel abrazó y besó a la mujer que él amaba.

Luego se dijo a sí mismo:

—"lo más sagrado de la vida es el amor". Y qué clase de hombre sería yo si no lucho por el amor: más noble es la lucha por el amor que por riquezas, poder y reinos. Hablaré con mi padre y le diré que quiero casarme con Emma. ¡Oh, amor, que me has hecho despertar a la belleza!, porque ahora veo que hermosa es una rosa, las montañas, los campos y valles; escuchar el canto de los pájaros en los árboles, y el mormullo de este manantial bajando de la colina, pero sobre todo has hecho que mire el alma y el corazón de mi amada.

Emma se encontraba preparando el comedor, cuando un criado se acercó a ella, y le dice que la reina quería hablar con ella y la esperaba en la biblioteca. Enseguida Emma dejó de hacer lo que estaba haciendo y se dirigió a la biblioteca. Cuando Emma llegó; le dijo la reina Sofía:

—Pasa, hija, siéntate aquí a mi lado.

Emma presintió que se trataba de lo que estaba aconteciendo en su vida en ese momento. Y tímidamente se sentó al lado de la reina. Entonces la reina le pregunta:

—¿Qué te pasa? ¿Dónde, está esa muchacha con esa imagen superior?, la cual no baja la vista ante nadie. ¿Dónde, está tu alegría, tu entusiasmo, esa muchacha valiente que era la única que se atrevía a llamarme Sofía desde que eras una niña? Cuéntame, ¿qué te pasa, hija?

Emma contestó con una voz frágil:

—No me pasa nada, mi señora.

—¡Oh!, hija, sé por lo que pasas, pero quiero que tú me lo confirmes, dime, ¿es por el amor que le tienes a mi hijo?

—Sí, mi señora.

Emma contestó con la vista baja.

—¡Oh!, entonces ha sucedido lo que siempre temí: mi hijo te ha hablado de su amor.

—Sí, mi señora.

—¡Oh!, hija, que tragedia. Nunca tuve miedo de ti; sino de él, porque yo sé que tú eres una mujer inteligente y siempre supiste tu lugar. Tú sabes que te quiero como la hija que nunca tuve. Pues aquí naciste en este palacio, y aquí los vi crecer a ti y a tu hermano. Y ves, ahora, Juan estudiando con mi hijo Andrés en el extranjero. Estimo mucho a tu madre y a tu padre; aunque casi a él no lo veo y, no me gustaría perderlos después de tantos años.

Emma levantó la vista, y sus lágrimas rodaban por sus mejillas, miró a Sofía a los ojos, y le dijo:

—¡No!..., no nos perderá, mi señora.

Sofía, se compadeció de Emma, le tomó la mano, y le dijo:

—Lo sé, hija..., lo sé..., Puedes retirarte.

Emma se fue a su cuarto y, allí lloró amargamente. Y se dio cuenta: que su amor por Miguel aún estaba más distante. Pues, jamás expondría a sus padres para que ellos perdieran su trabajo. Luego sabiendo que la esperaban las labores de la cocina; se dirigió a hacia ella.

Reymundo, quien era el papá de Emma; mientras ponía la leña para calentar el horno y hornear el pan; ve a su hija llegar, y al verla, como a todo padre; al igual que a una madre: también a los padres nos llega el dolor de los hijos, porque un hijo es la propia alma y espíritu de uno mismo.

Reymundo le pregunta:

—Cuéntame, hija, ¿qué te pasa?

Emma levantó la vista, y con una sonrisa, le dice a su padre:

—Nada padre, no te preocupes, estoy bien.

Reymundo respetó su silencio, y le dijo:

—Muy bien, hija, si necesitas hablar, aquí estoy.

Y siguió atizando el horno. Reymundo siempre estaba ocupado en las tareas de la cocina, pues él era quien se encargaba de proveer todo lo necesario a la cocina: traer frutas de las huertas, los vegetales, el trigo, matar las gallinas, cuando mataba un becerro, destazar la carne, salar la carne y luego ponerla a secar al sol, ordeñar las vacas, ir de compras al mercado, traer la leña: siempre estaba ocupado y muy poco conversaba con su hija, pero la amaba más que a su propia vida.

El siguiente día, Miguel citó a los reyes a una conferencia en la biblioteca. Cuando llegaron los padres, Miguel no sabía por dónde empezar, entonces el rey Carlos le pregunta:

—¿Qué tan importante es lo que nos tienes que decir? Que nos has citado a tu madre y a mí. ¿Hay algún asunto del reino del cual se tiene que resolver de inmediato?

—No, padre, es algo relacionado con el amor.

—¡Oh, el amor, quisiera tener tus años! Dime, ¿acaso ya te has fijado, o te has enamorado de alguna princesa?

—No padre

—¿Entonces?

—Me he enamorado de Emma, y quiero casarme con ella.

—¡Eso nunca! Tú sabes que tu obligación es casarte con una de las princesas de alguno de los reinos más cercanos para así tener más prosperidad y garantizar la paz de este reino, tú te debes a tu pueblo y al trono que ocuparás en un futuro. Hijo, tenemos prosperidad y paz. Nuestro pueblo nos quiere. Cuando bajas al pueblo con tus amigos no llevas escolta, y me he enterado que cuando llegaban a una taberna; todos querían brindar contigo, que no te dejaban gastar tu dinero, y les llenaban la mesa de vino y cerveza, y tú, y tus amigos tomaban gratis.

—No, padre, siempre estuvo Jesús como un perro guardián, entiendo que nos cuidara cuando éramos niños, pero ya de grandes; ¿padre?

—Sí, hijo, pero Jesús tenía órdenes de cuidarlos de lejos, sólo se acercaría a ustedes en una situación de peligro, y así, lo hizo. Y cuando crecieron ustedes; tu madre quiso que los siguiera cuidando, porque quería seguir escuchando las historias de Jesús sobre ustedes. Como cuando te lastimaste el tobillo brincando de aquella barda diciendo que tú defenderías a tu pueblo como un día lo hizo tu padre, o cuando se asustó tu caballo y te tumbó por la parvada de pájaros que se levantó del suelo, o cuando rescataron tú y Emma aquel conejo con la pata fracturada, y lo tuvieron en el granero por semanas hasta que se curó. Después, cuando creciste: tu madre trataba a Jesús como si él fuera un gran señor para que nos contara sobre ti, lo sentaba en la silla más cómoda, llamaba y le ordenaba a un criado traer una vasija con agua caliente para que él pusiera los pies adentro, luego ella misma le servía una copa del mejor vino de la casa para empezar a escuchar sobre ti. Como cuando llegabas al pueblo y había un grupo de muchachas reunidas, y decían: "Ahí, viene el príncipe Miguel", y las hacías suspirar: pero tú como todo un buen caballero no pasabas de largo; sino que te bajabas de tu caballo y las saludabas a una por una, y las dejabas suspirando: no, hijo, y no las dejabas suspirando porque tú eres un príncipe, sino, porque te has convertido en todo un hombre; con porte y elegancia. O cuando llegabas a la taberna y todos querían tomar contigo, y de tanto tomar perdías el conocimiento; y como te cuidaban de los ladrones la gente del pueblo. Hijo, eres aún muy joven para el amor, un día te volverás a enamorar de otra mujer.

—No, padre, yo amo a Emma.

—Entiendo, que su belleza te haya deslumbrado. Pero también puedes encontrar la belleza en otra mujer.

—No, padre, no quiero a Emma por su belleza exterior únicamente, sino por su belleza interior, por su espíritu dócil, por la dulzura de su alma, por su corazón noble y por su pureza. Padre, cuántas veces no te escuché decirle a mi madre que si tú hubieras tenido una hija, hubieras querido que fuera como Emma, cuántas veces escuché a un extranjero decirte que la princesa de este castillo era muy bella, y tú asentías con la cabeza. Y sabías que se referían a Emma. Padre, déjame casarme con Emma.

—No, Miguel, tú te casarás con la hija del rey Luis, o la hija del rey Felipe, u otra princesa. Miguel, tienes a tu pueblo a tus pies, tienes riqueza, tienes poder, y tienes la gloria de ser el siguiente rey.

—Padre, si quieres darme la gloria, dame a Emma como esposa, pero no me pongas entre la gloria y el purgatorio.

Luego la reina Sofía; se saca su anillo, y le dice a Miguel:

—Toma, hijo, para que se lo des a la mujer que tú elijas como tu esposa.

Miguel tomó el anillo, y luego le dio un abrazo y un beso en la frente a su madre.

Y así, dio por terminada la asamblea que tuvo el príncipe Miguel con sus padres.

Miguel salió de la biblioteca derrotado. Y una gran melancolía le invadió su alma y su corazón. Y se dio cuenta que; como un pájaro vivía en una jaula de barrotes de oro, incrustados de diamantes, esmeraldas y rubíes. Y deseó en ese momento haber sido el hijo de un campesino, y salir en la mañana a arar la tierra, y llegar por la tarde cansado y hambriento; donde Emma lo esperara con la comida lista, y llena de besos y caricias para él.

Emma no volvió a servir el comedor y, después de varios días Miguel la buscó. Y la encontró sentada en una banca en aquel lugar apartado del jardín, donde bajaba el manantial y el paraje era privado por la hierba alta que crecía allí. Emma miraba los patos nadar cuando se dio cuenta que Miguel se acercaba hacia ella, y le dice:

—No, Miguel, no te acerques más a mí, debemos poner distancia entre tú y yo.

—¡Oh!, Emma, la distancia ya no existe entre nosotros, aunque tú estuvieras en otras tierras, y yo al otro lado del mar; estaríamos tan juntos como lo estamos ahora por el amor que nos une. ¡Nuestro amor nos ha unido hasta la muerte! ¡Nuestro amor nos ha unido hasta la eternidad!

Miguel se sentó al lado de ella, y ella desvió su cara para que Miguel no viera la tristeza en sus ojos. Miguel le tomó la mano, y depositó un beso ardiente en su mano, y le preguntó:

—¿Por qué este cambio, amada mía?

—Tu madre me ha hecho ver cual es mi lugar, y yo no seré la causa por la cual tú pierdas el trono de tu reino. No, Miguel, tú no perderás la oportunidad de un día llegar a ser un gran rey, un gran gobernante para tu reino por mi culpa. Por eso debemos terminar esta relación, y guardar distancia.

—¿Por qué me pides lo que no sientes y lo que no deseas amor mío? ¿Cómo puedes separar este amor que creció en nosotros desde que éramos niños?

Luego rodaron las lágrimas por el bello rostro de Emma, y Emma le dice:

—¡Oh!, Miguel, tu primer beso me colocó en el escenario de la gloria y el purgatorio, y mi sufrimiento es doble, porque lloro y sufro por ti también amado mío, he visto la ternura y pureza de tu alma, y cuando un hombre es sensible sufre más que un hombre duro de corazón, y sé, cuanto tú también sufres por esta situación.

El aroma de las flores de jazmín, el murmullo del manantial bajando de la montaña, el viento agitando las flores, el canto del ruiseñor, los rayos dorados del sol, y el amor puro y tierno; construyeron otro altar celestial ahí; y bajo ese altar se encontraban dos almas sedientas de amarse.

Luego Miguel dijo:

—¡Oh!, Emma, tú no eres la que me despoja de este reino, es el amor sagrado que siento por ti, y el que me pide a gritos que deje todo por ti. Y así, lo aré. Mi beso que te causó dolor; te causará alegría, mi amor que te causó desolación en tu corazón; te causará felicidad. Hablaré con mi padre, y si él no permite que nos cacemos; nos marcharemos a otras tierras tú y yo, y en la colina construiremos nuestra casa, y veremos a nuestros hijos jugar en su propio jardín, y tus sueños los haré realidad.

Y esas palabras la hicieron soñar de vuelta a Emma, y sintió una alegría en lo más profundo de su ser, y serrando los ojos llenos de lágrimas besó los labios de su amado.

Luego Miguel continuó:

—Lo he decidido y ya no habrá marcha atrás, ¡tú serás mía y yo seré tuyo!

Luego el príncipe Miguel se arrodilla en una rodilla, y sacando el anillo que le regaló su madre la reina Sofía para que se lo diera a la mujer que él eligiera como esposa: le pregunta a Emma:

—Emma, ¡¿quieres casarte conmigo?!

—¡Sí, Miguel!

Y, Miguel le tomó la mano y le colocó el anillo.

Emma no pudo decir nada más, porque las lágrimas ahogaban sus palabras, entonces Miguel la abrazó y la besó, y con ese beso y ese abrazo sellaron su compromiso.

Ese mismo día, Miguel citó a sus padres en la sala de juntas. Cuando sus padres llegaron, Miguel les dice:

—Les informo que he decidido casarme con Emma, aún sin el consentimiento de ustedes.

El rey Carlos le dice:

—Si lo haces quedas despojado de todo.

—Lo sé padre, me marcharé con Emma a otras tierras, y allá empezaremos una vida nueva. Dejaré todo en orden, me llevaré lo único que me pertenece por los años de trabajo en el reino.

—¡Qué así, sea, lo que está escrito... escrito está!

Y diciendo estas palabras; el rey Carlos se retiró de la sala de juntas.

La reina con el corazón afligido por la decisión y la partida de su hijo, le dice:

—Hijo mío, no te olvides que éste es tu hogar, y si un día decides regresar: se te esperará con los brazos abiertos.

Capítulo 6

El Gran Dolor Por Seguir Al Amor

Miguel buscó a Emma después de la junta con sus padres, y le dice:

—Emma, hablé con mi padre y se opone a que nos casemos, nos iremos mañana del castillo, despídete de tus padres y toma todo lo que tengas que llevar.

—No, Miguel, no pierdas todo por mí, y tampoco quiero que un día me reproches de que dejaste todo por mí.

—No, Emma, te prometo que eso nunca va a pasar, yo dejo todo para ser libre y ser feliz. Está decidido, mañana en la mañana salimos. Estad lista.

Emma llegó con sus padres y les dice:

—Mamá, padre, el rey Carlos se opone a que Miguel y yo nos casemos. Así, que hemos decidido marcharnos a otras tierras para realizar nuestro amor.

—Mi, hija, nos duele mucho que te vayas de nuestro lado, pero también queremos que seas feliz. Ustedes luchen por su amor: que es la lucha más digna del ser humano. Dime, hija, ¿cuándo se van?

—Mañana en la mañana, mamá.

Dijo Emma con los ojos llenos de lágrimas.

—No llores hija, debes de estar feliz, vamos te voy a ayudar con las cosas que te vas a llevar.

La mañana siguiente, el príncipe Miguel sintiendo un dolor grande y profundo en su corazón; dejó el castillo acompañado por Emma en una carroza jalada por cuatro caballos, y la carroza jalando su caballo blanco.

Y así, el príncipe Miguel cortó los barrotes de oro, incrustados de diamantes, esmeraldas y rubíes de la jaula que lo tenía preso como un ave: sin poder ser libre. Y prefirió salir del purgatorio y entrar a la gloria celestial del amor.

Miguel y Emma caminaron por varios días buscando el lugar preciso para establecerse, hasta que llegaron al lugar preciso. Detuvieron la carreta al ver el agua que bajaba de la montaña, las colinas más abajo de la montaña y las praderas anchas y grandes, y más abajo a lo lejos se miraba un pueblo.

Y Miguel le dice a Emma:

—Emma, ¿qué te parece este lugar?

—Miguel, es tan hermoso como el de nuestro pueblo.

—Te gustaría establecerte aquí, Emma.

—Sí, Miguel.

—Bien, compraremos esa colina y las tierras de su alrededor.

Llegaron al pueblo y rentaron una pequeña casa. Y Miguel le preguntó al dueño de la casa, quién era el presidente de los terratenientes. Porque él sería la persona más indicada para preguntarle quién era el dueño de las tierras que él quería comprar. Miguel fue introducido a un tal Felipe, el dueño de las tierras, un hombre rico y duro para negociar. Después de un rato de negociar Miguel le dice:

—Te voy a pagar en oro, dime, ¿cuánto quieres por tus tierras?

—Cincuenta monedas de oro.

—No, no tengo tanto oro.

—Bueno, que sean cuarenta monedas de oro y tu anillo. Y te doy un costal de maíz, un costal de trigo y un costal de garbanzo para que empieces a sembrar.

Miguel se quitó su anillo, le echó una mirada por última vez al zafiro azul grande rodeado de diamantes y de rubíes, y luego se lo dio a Felipe.

Cuando salieron de la junta el presidente de la asociación de dueños de tierras le dice a Miguel:

—Bueno, ahora ya eres dueño de esas tierras, ¿quieres pertenecer a la asociación de propietarios?

—Francisco, yo no sé sembrar.

—No te preocupes, Miguel, nosotros te vamos a enseñar.

Pasaron dos semanas y la mayoría de los terratenientes se presentaron a las tierras de Miguel con sus yuntas y arados para enseñarle y ayudarle a Miguel a sembrar sus tierras, las esposas e hijas junto con Emma allí en el campo prepararon la comida, las aguas dulces, y los postres para los obreros, y fue como una fiesta para Emma y Miguel.

Miguel y Emma se establecieron en otro reino, en otras tierras, construyeron su casa en la colina y miraban a sus hijos jugar en su propio jardín.

Miguel trabajaba sus tierras de sol a sol como un campesino, como él deseó serlo un día cuando estaba preso como un pajarillo en una jaula de barrotes de oro, incrustada de diamantes, esmeraldas y rubíes.

Y Jesús siguió contándoles las historias del príncipe Miguel, de Emma, y de los hijos de Emma y de Miguel; al rey Carlos y a la reina Sofía.

Veinte años después, uno de los hijos de Miguel y Emma que era un campesino; se enamora de la princesa de ese reino. Pero, ésa es otra historia.

FIN

RAMÓN
G.
GUILLÉN

AMOR
A
PRIMERA
VISTA

Amor A Primera Vista

Capítulo 1

La llegada del amor

Guillermo salió al frente de la casa con una taza de café, se paró en medio del jardín y empezó a contemplar la luna llena que brillaba más que nunca, pues podía ver claramente allá abajo de la ladera los campos y los valles, los bosques y las montañas, las aldeas de los campesinos, y un poco más lejos el pueblo más cercano donde la familia visitaba la iglesia todos los domingos, acudían a las fiestas del pueblo y donde a su madre le gustaba mucho ir de compras con sus dos hijas. La casa de los padres de Guillermo era grande y se erguía en la cima de una colina; y alrededor de la colina; y abajo de las laderas se encontraban las tierras del cual su padre era dueño. Guillermo tenía veinte años de edad y era el hijo mayor de cuatro hermanos: le seguía su hermano Arturo, su hermana Sara y la más joven que era Victoria. Guillermo había heredado la postura varonil de su padre y el espíritu confidente y de grandeza de su mamá. Su padre se llamaba Miguel y su mamá se llamaba Emma. Su papá era un campesino que poco a poco fue haciendo crecer su casa y sus tierras con la venta de la semilla de las tierras y la crianza de animales como vacas, toros y caballos. Pues con los pastizales de sus tierras y el arroyo que bajaba de las montañas por en medio de sus tierras facilitaba su negocio de crianza, y además era muy hábil para los números y los negocios. Guillermo siguió contemplando todo hacia su alrededor y respiró profundamente con tranquilidad y paz dentro de él; pues la mañana siguiente no tenía que levantarse temprano. Pues, ya habían pasado los días de madrugadas, de ir a arar la tierra, de abonarla, de sembrarla, de arrancar la hierba que le estorbaba al crecimiento del vástago y de regarla. Ahora era esperar a que la siembra creciera, madurara y diera su fruto. Ya no tenía que madrugar hasta que se llegara el mes de la siega y de la trilla. El campo era lo que le gustaba a Guillermo. Arturo se encargaba de las tareas del ganado, y Sara y Victoria le ayudaban a su mamá en las tareas de la casa.

Pasaron los meses y se llegó el mes de la siega y de la trilla, Guillermo juntó a sus trabajadores y empezó la siega. Todo estaba de color dorado, aquellos verdes campos se habían pintado de un color dorado, y nomas quedaba el pasto verde que estaba al lado del arroyo y del estanque grande donde descansaba el agua que bajaba de la montaña. Cortaron el maíz y la mazorca fue almacenada en el granero. Luego cortaron el trigo y el garbanzo, y fueron dejados allí en gavillas, reposando unas semanas más para que estuvieran listos para la trilla.

Un buen día, se encontraba Guillermo con su gente trillando el trigo, porque el viento soplaba fuerte y era muy conveniente para separar el trigo de la paja. Los caballos terminaron de trillar el trigo en varias partes, y estaban separando el trigo de la paja cuando Guillermo se dio cuenta que se acercaban unos forasteros, de inmediato hizo a su gente parar, porque las partículas de la paja se esparcían por todas partes por el viento que soplaba fuerte. Cuando los forasteros llegaron a donde ellos estaban trillando: Guillermo los saluda, y les dice:

—Muy buenas tardes, tengan ustedes caballeros, si necesitan darle agua a sus caballos y descansar son ustedes bienvenidos.

Eran cuatro hombres a caballo, una carroza jalada por cuatro caballos, su conductor y una mujer adentro de la carroza. Desmontó el caballero de su caballo que era el mayor de todos, y a lejos se le miraba que él era el líder de ellos, y dijo:

—Gracias, les daremos agua a los caballos, descansaremos por un rato y luego continuaremos nuestra jornada.

Guillermo llamó a sus trabajadores para que atendieran a los caballos y les dieran agua y paja para comer. El conductor se bajó de la carroza, y se dirigió abrirle la puerta a la mujer que estaba adentro. Ella se bajó y se dirigió hacia donde estaba el caballero mayor y Guillermo. Cuando la mirada de esa joven mujer se encontró con la mirada de Guillermo; ella sintió que esa mirada le traspasó hasta el corazón, pues, en esa mirada había la fuerza de los campos y del viento, de las montañas y de los valles, la fuerza del trabajo y de la honradez. Ella no pudo sostener su mirada hacia Guillermo, porque sintió que esa mirada le debilitó el cuerpo y desvió la mirada hacia el caballero. Guillermo por el otro lado, sintió la sensación más extraña y dulce que invadió todo su ser y que nunca había sentido; hasta sintió dolor en su corazón, pero era un dolor dulce y acogedor. Guillermo se dio cuenta que ella era una mujer hermosa con tan sólo una mirada que duró unos cuantos segundos por respeto al caballero. En realidad ya era tarde y se empezaba a sentir un poco el frío, el sol se preparaba para ocultarse, y se empezaba a escuchar el canto de las aves en los árboles. El viento empezaba apaciguarse y parecía que iba a ser una tarde y una noche pasiva.

Entonces Guillermo le dice:

—Señor, ya, es tarde, si gusta pasar la noche en la casa de mis padres para que descansen, coman algo, y mañana ya descansados continúen con su jornada.

El caballero se quedó pensando por un momento y antes de contestar, dijo la joven mujer:

—Sí, padre, quedémonos esta noche aquí, el viaje ha sido muy largo y ya no quiero dormir al intemperie.

Y luego Guillermo dijo:

—La casa de mis padres es grande y amplia, allí descansaran bien.

—¿No le causaremos molestias a tus padres? Preguntó el caballero.

—Por supuesto, que no. Contestó Guillermo.

—Muy bien, entonces, pasaremos la noche en la casa de tus padres.

Los trabajadores de Guillermo ya sabían la rutina de la trilla, así que no tuvo que darles instrucciones de nada. Y dirigió a los forasteros hacia su casa. Mientras subían la ladera a pie, Guillermo les dice:

—Me llamo Guillermo.

—Yo soy Enrique.

—Yo soy Elena.

Los otros hombres venían un poco más atrás, así que no hubo presentación con ellos, y la carroza venía siendo conducida aún más atrás. La casa no estaba muy lejos de allí, así que no tardaron mucho en llegar. Cuando llegaron estaba la familia esperando afuera, pues, se habían dado cuenta que Guillermo subía con acompañantes.

Y Guillermo les dice a sus padres:

—Padres, éste es el señor Enrique, y ésta es su hija Elena, y van a pasar la noche con nosotros, y mañana van a continuar con su jornada.

El padre de Guillermo dijo:

—Yo soy Miguel, y ella es mi esposa Emma, ésta es Sara, y ésta es Victoria.

Luego el forastero dijo:

Yo, soy Enrique, y ésta es mi hija Elena.

Luego Emma dice:

—Pero pasen a descansar, y les vamos a preparar una buena comida.

Miguel atendió a los señores, y Emma, Sara y Victoria se dirigieron a la cocina. Guillermo no entró, y Elena se quedó afuera con el propósito de estar a solas con Guillermo y conversar.

Entonces Guillermo le dice mientras admiraba su belleza:

—Debes de estar cansada.

—Sí, lo estoy.

—¿De dónde vienen?

—Del reino del rey Carlos.

—Nunca he estado por allá, pero dicen que está muy lejos.

Elena no dijo nada, pues se perdió por un momento observando la mirada de Guillermo, luego observó su rostro y su boca y le pareció un hombre hermoso. Y una lágrima brotó de sus ojos. Guillermo le preguntó con una voz tan dulce que hasta la vibración de su voz le llegó al corazón:

—¿Qué te pasa? ¿Estás triste?

—Estoy bien, de seguro es el viaje tan largo que he hecho.

Elena caminó hacia enfrente del jardín y miró hacia el crepúsculo del sol, y dijo:

—Que hermoso se ve todo de aquí, como me gustaría vivir en un lugar como éste, tú vives en un paraíso.

—¿De dónde eres? Y ¿a dónde vas?

—Soy de aquí, y vivo en la ciudad de este reino.

—¡Oh!, mira, en días claros, de aquí se alcanzan a ver las torres del palacio de la ciudad. Ya no estás muy lejos de tu viaje, calculo que si salen mañana temprano estarán llegando al anochecer.

Elena no dijo nada, pues su corazón estaba tan afligido, porque nunca había conocido el amor, y, nunca había sentido lo que estaba sintiendo en ese momento al estar hablando con Guillermo. Y dejó volar su mirada hacia los campos, y a lo lejos miró las viñas y las montañas, y sintió las caricias del viento en su cara y en su pelo, y se entristeció aún más, y se preguntó en silencio en lo más profundo de su alma y su corazón:

—¡Dios mío! ¿Qué es esto? ¿Acaso es esto, a lo que llaman "amor a primera vista"? Y, ¿por qué llega el amor tarde a mi vida? ¿Por qué no llegó ayer?

Guillermo se dio cuenta de los pensamientos de Elena y no dijo nada más, y se dedicó a estudiar la belleza de Elena, porque se dio cuenta que desde el primer momento que vio a Elena; su belleza lo apresó, pero también se dio cuenta al estar hablando con Elena que la verdadera belleza de Elena radicaba en su corazón, en su alma, y en su voz delicada y dulce. Observaba las facciones delicadas y hermosas de Elena; cuando Elena lo mira a los ojos, y le dice:

—Qué hermoso jardín hay aquí.

—Es el jardín de mi madre, a ella le gustan mucho las flores.

Luego Elena dio unos pasos más al frente contemplando las rosas de varios colores, las gardenias, los jazmines, las margaritas y las orquídeas. El perfume grato de las flores hacía el ambiente romántico y poético, luego Elena respiró profundamente, y dijo:

—Aquí, se respira un aire libre y dulce.

Guillermo iba a decir algo, pero en eso llegó Victoria, y dice:

—Elena, ya, está lista la bañera con agua caliente para que te bañes y estés lista para cuando empiecen a servir la cena..., y tú también Guillermo, tienes que ir a bañarte para que estés listo para la cena.

—¿Continuamos la conversación después de la cena?

Le preguntó Guillermo a Elena.

—Sí, está bien.

Contestó Elena, y luego le pregunta a Victoria:

—¿Me acompañas a la carroza a agarrar ropa limpia?

—Por supuesto, que sí.

Contestó Victoria, y empezaron a caminar hacia la carroza, luego prosiguió diciendo:

—Tú, vas a dormir esta noche en el cuarto de Sara, le dije a mamá que podías dormir en mi cuarto, pero me dijo que no; dijo que tú ibas a dormir en el cuarto de Sara.

Victoria tenía dieciséis años de edad y Sara su hermana dieciocho años de edad, Sara tenía la misma edad de Elena. Sara y Victoria ya eran unas mujeres muy hermosas, pues lo habían heredado de la belleza de su mamá.

Guillermo se quedó por un momento allí antes de dirigirse a su cuarto, y en su mente quedó grabada la dulzura y la fragilidad del rostro de Elena, y se acordó de cuando su madre iba a la iglesia y como su madre veneraba a María la madre de Jesús, y se dijo:

—Más que venerar a Elena; yo la adoraría para siempre. Y se preguntó a sí mismo:

—¿Qué es lo que estoy pensando? Es absurdo pensar y sentir lo que estoy sintiendo por alguien a quien acabo de conocer. ¿Es este el amor? ¿Por qué, ninguna mujer del pueblo despertó en mí, lo que esta mujer ha despertado?

La familia de Guillermo era muy conocida en el pueblo, pues su padre era miembro de la junta de dignatarios, y Guillermo y Arturo eran muy codiciados por las doncellas de ese pueblo por el porte varonil de los dos.

Miguel, el padre de Guillermo, conversaba con los caballeros que ya habían terminado de asearse, y se encontraban reunidos en la sala que era grande y amplia.

Entonces, Enrique, el padre de Elena, le dice a Miguel:

—Miguel, esta casa no parece que fuera la casa de un campesino, es grande, amplia y sus muebles y adornos son muy finos, erguida en la cima de la colina, en el lugar preciso, y el sistema de sanidad son los de un palacio, sí, más bien éste es un pequeño palacio que usaría un rey como casa de campo donde viniera a pasar sus vacaciones.

—Las tierras han sido buenas con nosotros, y con la venta de la cosecha, y la venta de ganado he ido ampliándola poco a poco.

—Pues tienes el gusto de una persona refinada, y no el de un campesino.

Miguel asintió con una sonrisa. Entonces, llegó Emma a decir que la mesa estaba servida, los hombres se pusieron de pie y caminaron siguiendo a Emma, se sentaron en el comedor que era grande, y luego Emma dice:

—Falta Arturo y Elena.

—Quizá se le hizo tarde a Arturo.

Dijo Miguel.

Entonces, Emma le dice a Sara:

—Ve, hija, y dile a Elena que ya la esperamos.

En eso llegó Elena y los hombres se pusieron de pie al verla llegar. Cuando Guillermo vio a Elena entrar; se dijo en su adentro:

—¡Oh, santa madre!

Pues, vio a Elena como a una princesa. Elena deslumbró a todos con su belleza. Llevaba puesto un vestido largo hasta los pies de color azul con encajes dorados, y su pelo largo lo dejó caer hacia atrás.

Cuando Emma, Sara y Victoria terminaron de servirles a todos; se sentaron a la mesa y empezaron a comer.

Luego Enrique dijo:

—Este vino es tan bueno como el que se sirve en el...

Todos pusieron atención a su comentario que no terminó. Y siguieron comiendo.

Luego Miguel, le pregunta a Enrique:

—¿De dónde vienes, Enrique?

—Vinimos de visitar el castillo del rey Carlos.

Emma y Miguel se miraron. Luego dice Miguel:

—Hace mucho tiempo que no estoy en esas tierras, ¿cómo está el rey Carlos?

—Aún es un hombre fuerte y lleno de vida.

Emma vio el semblante de Miguel de satisfacción y paz mientras bajaba el rostro para que no se dieran cuenta que secaba unas lágrimas.

Miguel no preguntó de dónde eran, pues por la vestidura y algunos emblemas se dio cuenta que eran del palacio de este reino. Por el otro lado, Guillermo luchaba para controlar las miradas hacia Elena. Guillermo terminó de cenar y pidió permiso para retirarse. Fue directamente hacia el jardín esperando que Elena fuera hacia él cuando ya terminara de comer. Al cabo de un momento llegó Elena, y su encuentro fue como el de dos amantes que se esperan con ansia para amarse. Ya la luna llena brillaba, y hacía un viento tranquilo y acogedor, pues los días de frío ya habían pasado, se escuchaba el canto mágico de unos pajarillos, y el viento mecía las flores como si las estuviera durmiendo. Elena se acercaba y sintió la mirada hechizante de Guillermo que le llegaba hasta el corazón. Y percibió intuitivamente los latidos del corazón de Guillermo. Guillermo era un hombre valiente, pues había heredado el espíritu valiente de su madre. Así que no se andaría con rodeos, y le habló directamente a Elena.

Y así, dijo:

—Elena, tú vas de paso, y te parecerá atrevido de mi parte y fuera de lo común, por eso te voy a confesar que nunca nadie hizo despertar lo que tú has despertado dentro de mí. Tú me has apresado con tu belleza. Pero no es sólo la belleza de tu bello rostro, sino también la belleza de tu interior que siento que me llama a gritos, y agita mi corazón y mi alma. Y quiero preguntarte si hay alguna posibilidad de que tú y yo empezáramos una relación.

Elena escuchó con atención, y luego dijo:

— ¡Oh!, Guillermo, no estás solo en tus sentimientos, yo también siento lo que tú sientes. Y por primera vez he sentido el amor que una mujer siente por un hombre. Yo sé que no puede ser real que tan sólo con habernos visto por primera vez estemos sintiendo esto que estamos sintiendo, y no encuentro la explicación.

En los labios de Elena ardía la juventud, la pasión, y el deseo de besar los labios de Guillermo.

Entonces, Guillermo dijo:

—No busquemos explicación a estos sentimientos sublimes y mágicos; y dejémonos llevar por ellos.

Y atrajo a Elena hacia su pecho, y le dio un beso largo y profundo. Y ésa era la primera vez que un hombre besaba sus labios, y ese beso transportó a Elena a un mundo mágico y de ensueño, y por un momento hizo que olvidara su triste realidad. Luego Elena apartó a Guillermo de su lado, y le dice:

—Llevaré por siempre este recuerdo en mi corazón, que un día pasando por este camino encontré el amor, y aquí mismo lo dejé. El amor nos unió por unas horas a dos extraños, y eso no lo olvidaré. Aunque nunca más te veré, no te olvidaré, y no olvides que yo también correspondí a tu amor aunque haya sido solamente por unas horas.

—Me gustaría saber porqué no quieres darme la oportunidad de conocerte y de conquistar tu corazón.

—Mi vida es complicada, Guillermo. Al igual que yo; guarda este hermoso recuerdo que un día pasó el amor por tu casa; aunque haya sido por tan sólo unas horas, y que lo probaste en mis labios, así, como yo lo probé en tus labios.

Guillermo respiró profundamente, y exhaló como si tratara de sacar la amarga desesperanza que estaba sintiendo dentro de él.

En eso llegó Sara por Elena, y le dice:

—Elena, Tu papá, te manda decir que ya es hora de descansar. Y te voy a enseñar dónde vas a dormir.

Elena le dio un beso en la mejilla a Guillermo, y le dice:

—Adiós, Guillermo, fue un sueño mágico conocerte.

Y caminó con Sara hacia la casa.

Guillermo se quedó en el jardín un rato más antes de dirigirse a su cuarto; sintiendo una melancolía y una desilusión que le causó una pena en su corazón. Ya, estando en su cuarto, se recargó en la cabecera de su cama, y recordó el beso profundo que se dieron Elena y él; la dulzura de los labios de Elena, y el palpitar del corazón de Elena cuando la tenía pegada a su pecho.

Por el otro lado, la dulzura de Sara y Victoria hicieron sonreír a Elena y que se olvidara por un momento de su pena. Se encontraban las tres en el cuarto de Sara, y Sara le pregunta:

—¿Dónde vives Elena?

—Vivo en el palacio del rey Enrique.

Victoria le pregunta:

—¡Ah!, ¿entonces tú eres una princesa?

—Sí, Victoria, pero…

Elena hizo un ademán poniendo uno de sus dedos en medio de sus labios y emitiendo un sonido como cuando sopla el viento y sonrió. Y así, dio a entender a las muchachas que no quería que se enteraran que ella era una princesa.

Luego Victoria dice:

Entonces, tú vives rodeada de guardias.

—Así es, Victoria.

—Dime son todos guapos.

—No todos, pero si hay muchos que son muy guapos.

—¡Oh!, como me gustaría vivir así en un palacio.

Luego Sara dice:

—No le hagas caso, Victoria es una soñadora.

Luego Victoria dice:

—Pues la única oportunidad que tenemos para ver a los jóvenes es cuando vamos al pueblo a visitar la iglesia, o cuando vamos de compras. ¡Ah!, y me di cuenta que le gustaste a mi hermano Guillermo.

Luego Sara le dice a Victoria:

—Ya vete a tu cuarto y deja descansar a Elena.

— Déjame quedarme un ratito más.

—No, Victoria, ya vete.

Y Victoria salió del cuarto y Sara apagó la luz.

La mañana siguiente, Guillermo y sus trabajadores ayudaron a ensillar los caballos de los jinetes y los caballos que jalaban la carreta. Llenaron las cantimploras de agua, y las mujeres les prepararon alimentos para el camino. Y con una sola mirada desde la carroza Elena le dijo adiós a Guillermo. Y así, partieron los caballeros y Elena rumbo a su destino.

La familia miraba alejarse a los forasteros cuando Victoria dice:

—Pues tuvimos de visita a una princesa.

Luego Miguel contestó:

—Sí, me di cuenta que era el rey Enrique, y su hija la princesa Elena, aunque nunca los había visto.

Luego Emma le dice a Miguel:

—Y, ¿por qué no me dijiste? Que era la familia real. Y, tú, Victoria, ¿cómo supiste que ella es una princesa?

—Ah, pues yo le pregunté.

Guillermo al estar escuchando la conversación de la familia llegó a la conclusión el porqué Elena lo rechazó, y se dijo en su adentro:

—Yo soy un plebeyo y cómo una princesa se iba a fijar en mí: en un campesino: en un plebeyo. Y sintió que esa mujer se burló de él, y sintió coraje dentro de él. Y empezó a bajar la ladera rumbo a la trilla donde ya se encontraban sus trabajadores. Pero: por el camino reflexionó, y se dijo a sí mismo:

—Aunque ella no se hubiera burlado de mí, y que fuera cierto lo que me dijo, de todas maneras nuestro amor sería imposible, porque el rey Enrique jamás permitiría que su hija se casara con un plebeyo, con un campesino.

Y volvió a recordar el dulce y profundo beso que se dieron él y Elena, y se dijo:

—Entré a la gloria celestial del amor por tan sólo un momento en ese beso dulce y apasionado, y ahora, ¿cómo hago para salir del purgatorio? Y ahora, ¿cómo hago para sacarlo de mi corazón?

Pasaron los días, y Guillermo se apoyaba en los días largos de trabajo para olvidar a Elena. Emma, su madre, ya, se había dado cuenta de su nostalgia, y estando un día la familia reunida en el comedor, Emma le dice:

—Te he visto triste por unos días, hijo. ¿Qué te pasa?

—Es que se enamoró de la princesa Elena. Dijo Victoria.

—En verdad que sí madre, pero cómo podría yo aspirar a su amor, si ella es una princesa, y yo soy un campesino, un plebeyo.

—¡Oh!... Hijo mío, tú, no eres un plebeyo, esas son distinciones de clases, no importa que tú seas un campesino, tú eres grande, porque tienes un espíritu grande y valiente, y eres un hombre de buenos sentimientos, y eso te hace grande.

—Eso, me dices tú, madre, porque soy tu hijo, pero, hacerle pensar eso al rey Enrique es imposible.

—Sí, puede ser imposible: pero lo que sí es posible; que si tú llegas a conquistar a Elena y ella te llega a querer de verdad, a ella no le va a importar que tú seas un campesino, y si de verdad te quiere y te merece, ella dejaría todo por ti.

El padre de Guillermo se dedicaba a escuchar la conversación a y tomar sus alimentos, y asintió con gestos afirmativos apoyando a Emma, luego dijo:

—Guillermo, si yo estuviera en tu lugar, yo sí iría en busca del amor.

Luego Guillermo dice:

—Nos separan la nobleza y la distancia.

—Nada más la distancia, Guillermo, ve, busca a Elena, quédate el tiempo que sea necesario en esa ciudad, si la conquistas; bueno, y si no la conquistas; también, porque te quedará la satisfacción y la paz que trataste. Tu padre puede terminar la cosecha.

Capítulo 2

Siguiendo Al Amor

Y sucedió que la mañana siguiente, Guillermo tomó la espada de su padre; ensilló su caballo y salió rumbo al palacio de la princesa Elena acompañado de dos trabajadores, Rafael y Alonso, que también eran sus amigos.

Emma viendo salir a su hijo dice:

—¡Oh!, Miguel, la historia se está repitiendo en nuestro hijo.

Cuando llegaron a la ciudad buscaron donde alojarse, pues ya la luz del día estaba por desaparecer. Y se hospedaron en el hotel más lujoso, del cual el sobrino del rey Enrique era el dueño del hotel, y a la vez miembro del consejo de gobierno de la junta del rey Enrique.

La mañana siguiente, se despertaron; fueron al comedor del hotel, y después que desayunaron; se dirigieron hacia el palacio. Cuando llegaron al palacio vieron a los guardias custodiando la entrada de la puerta principal del palacio.

Entonces Alonso dice:

—Guillermo, por ahí no podemos entrar; a menos que traigamos un negocio y cartas de recomendación.

Rafael dice:

—Vallamos a la puerta de servicio, quizá, por allí haya una forma de entrar.

Y se dirigieron hacia la puerta de servicio. Cuando llegaron vieron salir a una mujer joven con una canasta, y Alonso dice:

—Éste es un trabajo para Rafa.

Pues Rafael era el galán, el poeta que en el viento se agarraba las rimas, y el mejor conquistador de mujeres de los cuatro mejores amigos de Guillermo.

Siguieron a la joven mujer que se dirigía al mercado; cuando llegó al mercado y estaba escogiendo las legumbres; se acercó Rafael, y le dice:

—Sus ojos brillan como dos estrellas que hacen bellas sus mejillas, ¿me permite usted bella doncella que le ayude con la canasta mientras usted escoge sus verduras?

La joven mujer se echó a reír, y dijo mientras le daba la canasta:

—Ya veo que eres un poeta.

—Usted es mi inspiración de mi rima bella señora.

—No soy señora, soy soltera.

Y se echó a reír de vuelta, y luego preguntó:

—¿Cómo te llamas?

—Me llamo Rafael y me muero de ganas de probar la miel de sus labios bella mujer.

La doncella se empezó a sentir acalorada mientras Rafael le recitaba sus rimas.

Guillermo y Alonso caminaban despistadamente detrás de ellos, y Alonso dice:

—Ya calló, Guillermo, ya se la conquistó.

Rafael entró al palacio por la puerta de servicio cargando la canasta llena de verduras; mientras Guillermo y Alonso esperaban afuera. Al cabo de una hora sale Rafael con una sonrisa grande en los labios, y le dice a Guillermo:

—Le conté la historia de ti y de Elena, al principio no me creyó, pero, le dije que cuando le dijera a la princesa que Guillermo estaba aquí y quería verla: la princesa sabría quien es Guillermo. Así que la princesa te espera en la cocina.

—Gracias, Rafa.

Dijo Guillermo, y luego se dirigió hacia la puerta de servicio donde lo aguardaba la bella doncella para llevarlo hacia la princesa.

—Hola, Guillermo, me llamo Isabel, sígueme.

Guillermo encontró tan bella a la princesa que se dijo en lo más adentro de su ser:

—La belleza de Elena no puede ser más que una obra hecha por las manos de Dios.

Elena llevaba un hermoso manto de color dorado, un cinturón blanco ceñía su cintura, su cabellera recogida sobre su cabeza, y su belleza resplandecía.

Elena miró a Guillermo a los ojos, y le dice:

—Sígueme, Guillermo.

Elena caminaba al frente por un pasillo largo.

Guillermo caminaba detrás de ella, y Elena intuía la mirada de Guillermo y sentía que le penetraba poco a poco hasta el corazón. Después de pasar varias puertas llegaron hasta el final del pasillo. Elena abrió la puerta que estaba enfrente e hizo entrar a Guillermo. Elena se sentó en un diván, y le dice:

—Siéntate en esta silla frente a mí.

Guillermo se sentó, y luego dice:

—Elena, cuando me di cuenta de que eras una princesa, entendí, porque me rechazaste. Cómo una princesa se iba a fijar en un plebeyo, en alguien que no viene de una familia de la realeza.

Guillermo hizo una pausa e iba a continuar, cuando Elena dice:

—¡Oh!, no, Guillermo, yo no te rechacé por tu clase social, te rechacé porque yo ya no era una mujer libre. Guillermo, yo sentí lo mismo que tú sentiste cuando nos conocimos, y sé que lo mío hacia ti fue amor a primera vista, pero el amor llegó tarde a mi vida. Cuando pasamos por tu casa veníamos del castillo del rey Carlos: mi padre y él acordaron mi matrimonio en ese viaje con el príncipe Andrés. El rey Carlos le exige al príncipe Andrés que se case: como requisito para que él tome el trono.

—Dime, ¿tú lo amas?

Preguntó Guillermo.

—Por supuesto, que no. No lo conozco y lo he visto una sola vez.

Luego Guillermo se acercó a ella; se arrodilló en una rodilla; le toma la mano, y le dice:

—Déjame amarte y por siempre te adoraré, yo seré un fiel compañero y nunca te fallaré. Elena se puso de pie, caminó hacia una ventana que daba al jardín, miró hacia fuera, luego se volteó hacia Guillermo, y dijo:

La vida de una princesa es triste y solitaria, porque entre todos los súbitos del rey no hay quien se atreva a amarla. Y se encuentra esclava como un pajarillo en una jaula dorada, cantando sus trinos que dicen: necesito amor. Pero nadie la escucha. Se encuentra con un corazón sediento de beber el agua del amor para apagar su sed. El sufrimiento y la soledad de una princesa son más terribles que la pobreza de la hija de un labrador, porque a ella se le acercará cualquier hombre sin temor hablarle y sin temor de amarla.

Guillermo tomó en sus brazos a Elena y puso sus labios en los labios de ella, y enseguida sus espíritus se exaltaron hasta la gloria celestial del amor, y se dieron un beso dulce y apasionado.

Luego Guillermo dice:

—Pues ya hay alguien que se ha atrevido a amarte y que te liberará de tu jaula dorada.

—No, Guillermo, vete y no regreses nunca más; no soy una mujer libre.

—Sí, ya no eres una mujer libre; ahora tu corazón me pertenece. Dios nos ha unido y nos ha encadenado con los grilletes y las cadenas celestiales del amor.

Elena se dirigió hacia la puerta, y dijo:

—Debes irte ya Guillermo, regresa mañana.

Salieron los dos del salón, y se dirigieron hacia donde esperaba la bella doncella para acompañar a Guillermo hacia la puerta de servicio. Y los vio salir el sobrino del rey, el cual quería que Elena fuera su mujer. Pero él no sabía que la princesa Elena ya estaba comprometida para casarse con el príncipe de otro reino. Y mando a espiar a Guillermo y a sus amigos, y le ordenó a uno de sus compinches que le informara sobre todos los movimientos de Guillermo y sus amigos.

Y salió Guillermo por la puerta de servicio y lo esperaban Rafael y Alonso. Y Alonso le dice a Guillermo:

—Cuéntanos, Guillermo, ¿cómo te fue con la princesa Elena?

—No sé, Alonso, me acabo de enterar que ya está comprometida para casarse con otro hombre.

—Entonces, llegaste tarde, hermano.

Dijo Rafael.

—¡Oh!, no, Rafa, ella no quiere a ese hombre.

—Entonces, ¿cómo está comprometida para casarse con otro hombre a quien no ama?

—Su padre acordó su matrimonio con el hijo del rey Carlos.

Luego Alonso dice:

—Guillermo, hermano, ¿cómo puedes luchar contra un rey para quitarle a su mujer? Aunque la princesa Elena te quisiera: ¿a dónde irían? ¿A qué lugar dónde no los encuentre ese rey? Ese rey no descansaría hasta encontrarlos y matarlos.

Luego Rafael le pregunta:

—Entonces, ¿qué vas a hacer Guillermo?

—Nos quedaremos aquí, Rafa, hasta que conquiste su amor, y la convenza de que se vaya conmigo.

Luego Rafael dice:

—¡Ay!, el amor que ciega las mentes de los amantes. Y hace sus corazones valientes, para luchar contra los torrentes que llegan de repente a los corazones valientes...

Luego Alonso interrumpe a Rafael, y le dice:

—¡Oh!, Rafa, deja tu poesía para tu doncella.

Y se echaron a reír los tres.

Miguel ayudaba a sus trabajadores a guiar cuatro caballos que pisoteaban el trigo para separarlo de la espiga, otros cargaban la paja en las carretas, otros llenaban los costales de trigo, otros tiraban al viento el trigo ya trillado por las patas de los caballos y bueyes de yunta para que el viento lo separara de la paja. Miguel le dio los caballos a otro trabajador, porque se dio cuenta que se acercaban cuatro jinetes, hizo señas a los que tiraban el trigo al viento para que pararan. Se acercaban los jinetes y su corazón empezó a palpitar fuerte, y se preguntó a sí mismo:

—¿Por qué se ha acelerado mi corazón? ¿Acaso hay algún peligro con estos jinetes?

Se acercaron los jinetes, y él les dijo:

—Si necesitan darle de tomar agua a sus caballos y descansar son ustedes bien venidos.

Los jinetes desmontaron, y uno de ellos dice:

—Gracias, señor.

Y se dirigieron al estanque a darle agua de tomar a los caballos. Miguel los observó pero le llamó la atención el caballero que vestía con ropa más fina que los otros jinetes. Miguel se quedó parado mirando a los caballos y a los bueyes de yunta trillar el trigo. Cuando regresaban los jinetes del estanque con sus caballos reconoció el emblema del rey Carlos en las sillas de montar de los jinetes, y su corazón se volvió a alborotar, observó al jinete mejor vestido y vio los rasgos de su padre en él, y sintió las lágrimas que corrían por sus mejillas, y su corazón se hinchó de alegría, y sintió un nudo en la garganta, y mientras se marchaban los jinetes gritó con lágrimas en los ojos:

—¡Hermano, Andrés, soy yo, tu hermano Miguel!

El caballero detuvo su caballo con incredulidad, se quedó observando a Miguel por unos segundos y alcanzó a ver rasgos de su padre en él, desmontó de su caballo, y Miguel se acercó a él y lo abrazó con lágrimas en los ojos. Luego se acercó otro jinete, y dice:

—Yo, soy Juan, el hermano de Emma.

Y Miguel le da un abrazo mientras le rodaban las lágrimas por su rostro, y le dice:

—¡Oh!, Juan, a Emma le va a dar mucho gusto verte.

Luego Andrés dice:

—Miguel, hermano, pensé que nunca más te volvería a ver, me da mucho gusto volver a verte.

Miguel contestó:

—A mí también me da mucho gusto verte Andrés. Cuéntame cómo están nuestros padres.

—Ellos están bien, Miguel.

—Andrés, Juan, por favor, no se vallan. Ésa, de allí arriba es mi casa, vengan, vallamos hacia la casa.

Los cuatro jinetes subían la ladera a pie jalando sus caballos. Cuando llegaron los esperaba Emma con Sara y Victoria afuera en el atrio de la casa. Cuando se acercaron a Emma, Miguel le dice a Emma:

—Emma, él, es tu hermano Juan.

Emma lanzó un grito como nunca lo había escuchado nadie, y abrazó a Juan llorando y sollozando. Arturo que se encontraba en los corrales alcanzó a oír el grito de su madre que lo asustó y vino corriendo para ver qué estaba pasando. Sara y Victoria confusas por la escena tan dramática que se vivía en ese momento. Pues, a ellas jamás les habían hablado de la existencia de familiares. Luego se acercó Andrés, y dijo:

—Yo, soy Andrés, Emma.

Y Emma dio otro grito, pero ya no tan alto como el primero, y abraza a Andrés, y le llenó la cara de besos. Luego se volteó hacia sus hijos, y les dice:

—Éste, es su tío Andrés; hermano de su padre y éste, es su tío Juan; hermano mío.

Luego Sara dice:

—¿Por qué nos ocultaron que teníamos familiares? ¿Por qué nunca nos hablaron de ellos?

Luego Miguel dice:

—Es hora de que escuchen nuestra historia, hijos, esta noche en la cena se la contaremos.

Luego Emma dice:

—Pacen para que descansen y coman.

Y así, pasó que esa noche; Miguel y Emma le contaron su historia a sus hijos.

Y Andrés Habló que también el rey Carlos y la reina Sofía siempre estuvieron enterados de la vida de Miguel, de Emma y de sus hijos. Contó que Jesús siguió llevándole noticias hasta que ya no pudo más por la edad. Y que el rey siempre gratificó bien a quien le trajera noticias de su hijo. Y que esas noticias eran llevadas después por las caravanas de mercantiles que pasaban por las tierras de Miguel cuando la familia compraba telas finas, semilla y vino. Y que el rey y la reina nunca los olvidaron. Y Victoria suspiró desde el principio de la historia hasta el final. Pues Victoria era una señorita romántica y apasionada. A ella como a su madre cuando era más joven en el castillo del rey Carlos le gustaban las flores, y se perdía por momentos observando la belleza de una

rosa roja, el canto de un ruiseñor, el crepúsculo
del sol, la luna llena, el cielo lleno de estrellas,
sintiendo el viento o la lluvia en su rostro y en
su cuerpo, Pues Victoria tenía el alma de un
poeta y el espíritu de un ángel celestial. Parecía
como si ella hubiera nacido de las entrañas de
las montañas, de los arroyos que bajaban de
las montañas, de los bosques, de los valles y de
las praderas, por la conexión que tenía con la
naturaleza.

Ya, era tarde y Emma le ordenó a sus hijos
que se fueran a descansar. Después de que
Sara, Victoria y Arturo se retiraron: Miguel le
pregunta a Andrés:

—Andrés, ¿dime, qué haces en estas tierras
tan lejanas?

—Vengo a ver a mi futura esposa: la
princesa Elena de este reino. Nuestro padre
como requisito para que yo tome el trono debo
casarme.

Miguel y Emma se miraron a los ojos. Y
luego Emma dice:

—¡Oh!, Andrés, que tragedia, mi hijo
Guillermo, el mayor, se ha enamorado de la
princesa Elena, y fue a conquistar su amor,
dime, ¿tú la amas?

—No, la amo, Emma. Estoy comprometido, porque mi padre quiere que me case como condición para que yo tome el trono. Tú, Emma, no te preocupes, hablaré con la princesa Elena, y le diré qué si su corazón ya le pertenece o le puede pertenecer a otro hombre: queda libre de nuestro compromiso. Ahora tengo una razón para no casarme con alguien a quien no amo: pero: si la princesa Elena no rompe con nuestro compromiso; yo me casaré con ella.

Luego Miguel dice:

—Pero, si no te casas, entonces, no tomarás el trono.

—Miguel, yo no quiero el trono, yo nací para ser libre, a mí me gusta viajar y conocer el mundo. Tú eres el heredero del trono, tú eres quien debe de tomar el trono, desde niño decías que cuando fueras grande gobernarías como nuestro padre.

—No, Andrés, yo rechacé y perdí todo cuando dejé el castillo, cuando dejé nuestro hogar. Tú, Andrés, serás también un buen rey.

La mañana siguiente, salieron los cuatro jinetes hacia el castillo del rey Enrique III.

Y Guillermo ya había visto a la princesa varias veces, y había probado el néctar de sus labios, y sabía que Elena también lo amaba, pero aún no la había convencido de que dejara todo por él.

Por el otro lado, el sobrino del rey planeaba cómo deshacerse de Guillermo.

Llegaron los cuatro jinetes al castillo, fueron anunciados y recibidos por el rey, y luego llevados a los cuartos de huéspedes. Y sus caballos fueron atendidos por los criados.

Elena fue anunciada de la llegada del príncipe Andrés, y al cabo de dos horas se reunieron en el salón de entrada al castillo, cuando se encontraron, Andrés le dice:

—Caminemos por el jardín, Elena.

Ya en el jardín, Andrés le toma las dos manos, y le dice a Elena:

—Elena, tú eres una mujer joven y bella y, cualquier hombre se sentiría alagado de tener como esposa a una mujer como tú. Te voy a preguntar algo, y quiero que seas sincera y contestes sin miedo. Tu corazón ¿ya le pertenece a otro o le puede pertenecer si tú quieres? Pero antes de que contestes, déjame decirte que si tu corazón ya le pertenece a alguien más; estas libre de nuestro compromiso.

—Sí, Andrés, estoy enamorada de otro hombre. Contestó Elena.

—Dime, ¿quieres romper con nuestro compromiso?

—Sí, Andrés.

—Entonces, estas libre de toda atadura conmigo.

—Pero: ¿y mi padre? Él no permitirá que rompa con nuestro compromiso.

—Deja todo en mis manos que yo hablaré con él.

Elena se acercó a él, y Andrés sintió el delicado roce de los labios de Elena en su mejilla, y dijo:

—Gracias, Andrés.

Y se alejó de Andrés. Y la princesa sintió como si le hubieran abierto la puerta de su jaula, y como si le hubieran crecido las alas de pronto que le habían cortado. Y empezó a volar libre por el cielo, y se sintió sin las cadenas que la tenían prisionera, y cantó una hermosa canción de esperanza en su corazón.

Y Antonello, que era el sobrino del rey, la vio tomada de las manos con otro hombre, y la vio darle un beso a él en la mejilla, y pensó que la princesa andaba con dos hombres al mismo tiempo. Y creció su lujuria dentro de él hacia la princesa, y se dijo a sí mismo:

—Si anda con dos; puede andar con tres.

Antonello se acercó a la princesa, y le pregunta:

—Elena, ¿quién es el extranjero?, nunca lo había visto por aquí.

—Es el príncipe Andrés, el hijo del rey Carlos y de la reina Sofía.

—Y ¿qué hace por acá?

—Vino a verme.

—¿Por qué?

—Porque era su prometida.

—Y ¿ya no lo eres?

—No, Antonello, ya rompí mi compromiso con él.

—Muy bien, Elena, tú te tienes que casar con uno de los tuyos: como conmigo, para que nosotros sigamos gobernado este reino.

La princesa no dijo nada más y se retiró del lado de Antonello.

Antonello era un hombre perverso, y empezó a espiar a la princesa como un buitre de rapiña.

Se llegó la hora de cenar, se reunieron el rey, Elena, el príncipe Andrés y los invitados del rey en un salón donde había una mesa larga y grande. Pues el rey le daba la bien venida al príncipe Andrés. Después de que terminaron de comer Andrés tomaba el vino en una copa bronceada de oro, luego se puso de pie, y dice:

—Señores, permítanme que diga unas palabras:

—En el reino del rey Enrique hay honor y belleza, y ha sido para mí un gran honor sentarme a la mesa con ustedes y disfrutar de estos manjares. Me voy a dirigir directamente al rey Enrique y a su hija la princesa Elena. La princesa Elena está comprometida para casarse conmigo, pero: si se presentara la ocasión que ella no quisiera seguir con esta relación; tiene todo mi apoyo, y su decisión para mí es un mandato. Y espero que su padre el rey Enrique también respete su decisión cualquiera que sea. Gracias, por su atención.

Andrés se sentó y siguió tomando el vino. Elena lo miró con una mirada de agradecimiento y amistad.

El siguiente día, al medio día, Andrés se despidió de la princesa Elena, y le dice:

—Elena, prométeme que vas a luchar por el amor.

—Te lo prometo, Andrés.

—¿Te puedo preguntar cómo se llama el que robó tu corazón?

—Se llama, Guillermo.

Andrés sonrió con satisfacción, porque supo que hablaba de su sobrino. Elena le dio un beso en la mejilla, y le dice:

—Andrés, tú serás un buen rey, porque eres un buen hombre.

Y Andrés salió del palacio rumbo a su reino. Y tomó otros caminos de regreso con sus amigos, porque quiso explorar otros caminos y ciudades; pues Andrés tenía el alma de un aventurero.

Rafael e Isabel la bella doncella se encontraban caminando y conversando en el jardín del palacio, cuando Elena se acercó y les pidió que fueran a buscar a Guillermo, porque quería hablar con él.

Cuando Guillermo llegó y vio a Elena; enseguida vio el brillo de alegría en los ojos de Elena, y en la sonrisa de Elena había paz y dulzura. Entonces Elena le toma las dos manos a Guillermo, y le dice:

—¡Oh!, amado mío, ya soy libre. Ahora sí puedo corresponder a tu amor. Le comunicaré a mi padre que no me casaré con el príncipe Andrés, porque amo a otro hombre, y si mi padre no está de acuerdo: de todas maneras, me casaré contigo, y me iré contigo a donde tú me lleves.

Luego Guillermo le pregunta:

—¿Y tu compromiso con el príncipe Andrés?

Elena le contó a Guillermo todo lo sucedido con el príncipe Andrés. Y Guillermo en silencio le dio gracias a Dios en lo más profundo de su corazón. Y luego le dice a Elena:

—Nos casaremos, y te construiré una casa en las montañas con vista hacia el valle, por las noches veremos las estrellas y la luna, al amanecer miraremos la salida del sol, y yo trabajaré de sol a sol para que nunca te falte comida y abrigo, te protegeré con mi vida, y yo me quedaré a tu lado hasta que la muerte nos separe, conmigo serás libre como una ave, te atarán a mi vida sólo las cadenas del amor, y tú estarás conmigo solamente por convicción propia hasta que tú quieras, y te sembraré un jardín donde tengas toda clase de flores y, ¡te amaré toda mi vida!

Luego Elena le dice a Guillermo:

—Y yo, iré contigo a trabajar la tierra para no sentirme tan sola, y seré tan feliz aprendiendo a trabajar la tierra a tu lado.

—Pero sólo hasta que nazcan nuestros hijos.

Dijo Guillermo, y rieron los dos, y se abrasaron y se besaron apasionadamente, y Elena dio libre a sus sentimientos, y le entregó su corazón a Guillermo sin ninguna restricción.

El siguiente día, Elena se armó de valor y fue a hablar con su padre que se encontraba en su despacho. Cuando Elena llegó, le pregunta:

—¿Padre puedo hablar contigo?

—Sí, dime.

—Te comunico que no me voy a casar con el príncipe Andrés, porque estoy enamorada de Guillermo; el joven que nos brindó su casa por una noche cuando veníamos del castillo del rey Carlos.

Al rey Enrique le creció la ira, y le dice:

—¡No, tú te casarás con el príncipe Andrés!

—No, padre, porque ya rompí mi compromiso con él.

—¡Pues, si no es con él; con algún otro príncipe; o con uno de tu clase; pero jamás con ese hombre!

—Padre, yo amo a Guillermo, quiero casarme por amor, dame tu bendición para casarme con él.

—¡Ya, te dije que jamás!

Respondió el rey con voz alta y severa.

Elena salió corriendo del despacho con lágrimas en sus ojos, y se encerró en su habitación a llorar.

El rey Enrique era duro de corazón, y él quería que su hija hiciera todo lo que él quería y que le obedeciera en todo.

Capítulo 3

La Espada Del Rey

El siguiente día, Elena salió del palacio acompañada de Isabel para reunirse con Guillermo. Cuando pasaban por el mercado fue secuestrada por varios hombres a caballo, Guillermo y sus amigos alcanzaron a ver lo que pasaba, pero estaban lejos y no pudieron hacer nada. Cuando llegaron hacia donde estaba Isabel; la pobre joven estaba sin palabras por la emoción. Guillermo la tomó de los brazos y la estrujó para hacerla volver en sí, y le pregunta si les había visto la cara o si había reconocido a alguien. Lo cual ella dijo que no les vio la cara.

Para entonces, Antonello, el sobrino del rey, ya le estaba comunicando al rey que su hija acababa de ser secuestrada.

Guillermo, Rafael y Alonso se fueron enseguida para el hotel a agarrar sus caballos y sus espadas para ir en busca de Elena. Pero cuando llegaron la espada de Guillermo no estaba. Entonces, Guillermo con sus amigos fueron a comprar una espada, y allí, compraron otras armas como: arcos de fleches de alto poder y armas blancas. Cuando ya salieron rumbo a buscar a Elena se juntaron en el camino con el rey Enrique y su escolta, y el rey y Guillermo supieron que su encuentro era para el mismo propósito, y Guillermo le dice al rey:

—Su alteza, permítame unirme a su escolta.

—Está bien.

Contestó el rey.

Y el rey miró bien la acción de Guillermo y de sus amigos, y cabalgaron juntos siguiendo los rastros de los secuestradores. Y Antonello iba enfrente siguiendo las pistas.

Y aconteció que entre en medio del bosque los sorprendió una emboscada de bandoleros planeada por Antonello. Y pelearon valerosamente el rey y Guillermo con su gente, y derrotaron a los bandoleros, y de suerte no hubo heridos de gravedad del lado del rey y de Guillermo. Y Guillermo vio el amor que el rey le tenía a su hija, porque en esa batalla el rey pudo perder la vida. Y allí, entendió Guillermo que hay padres que dan su vida por un hijo.

Y el rey vio bien la acción de Guillermo y sus amigos.

Todos estaban cansados, pero al ver la desesperación del rey por su hija; nadie se atrevió a decir que estaban cansados ellos y los caballos. Así que prosiguieron siguiendo las pistas de los secuestradores. Llegaron a un lugar donde los caballos ya no podían subir; desmontaron y caminaron ascendiendo la montaña; no muy lejos encontraron una cueva y allí yacía la princesa Elena en una cama de hojas de árboles amarrada de los pies y de las manos. El rey corrió hacia ella con lágrimas en los ojos, y mientras el rey la desataba; Elena miró a su padre llorar por primera vez, y las lágrimas del rey conmovieron a Elena, y Elena abrazó a su padre y lloró con él. Elena se alegró mucho de ver a Guillermo ahí, porque ahí estaban los dos hombres a quienes ella amaba.

Entonces Antonello saca una espada de entre las hojas de donde estaba la princesa, y dice:

—Aquí hay una espada de los secuestradores.

El rey se dirige hacia Antonello y agarra la espada. Entonces Antonello dice:

—Esta espada se la vi a este hombre en mi hotel.

Guillermo se acerca y dice:

—Sí, ésa es mi espada.

Luego Antonello dice:

—¡¿Qué quiere decir esto?! ¡Qué él es parte de los secuestradores!

Guillermo replicó:

—No, les juro que no soy parte de los secuestradores. Esa espada me la robaron de mi cuarto del hotel.

—No, este hombre es un arribista, si mira mi alteza, esa espada es de un rey, solamente los reyes tienen el emblema en sus espadas, lo que quiere decir que va de reino en reino enamorando princesas para sacar provecho.

Dijo Antonello.

Entonces el rey dice:

—Sí, esta espada le pertenece al rey Carlos. ¡Arresten a estos hombres!

La escolta del rey les quitó las armas y les amarraron las manos.

Entonces Guillermo dice:

—¡No, les juro que nosotros no tenemos nada que ver con esto…, te lo juro Elena…, te lo juro Elena!

—Entonces, explícame, ¿cómo es que tienes esta espada en tu poder?

Preguntó el rey.

—No lo sé mi alteza: sólo sé que ha estado en el poder de mi padre desde que yo nací.

—Llévense a estos hombres y enciérrenlos.

Les ordenó el rey a los guardias.

Cuando los guardias retiraron a Guillermo y a sus amigos de la cueva se quedaron por un momento allí, el rey, la princesa y Antonello, y Antonello le dice al rey:

—Este crimen se paga con la muerte.

—No, padre, Guillermo es inocente, él es un buen hombre.

Dijo Elena.

—Entonces, ¿cómo se explica que su espada fue encontrada donde te tenían secuestrada?

Dijo el rey.

—Él dice que fue robada de su habitación, y yo sí le creo, padre.

Dijo la princesa.

Pero Antonello siguió sembrando cizaña en las dudas del rey.

Cuando Elena llegó al palacio: acompañada por Isabel se dirigió hacia el calabozo a donde tenían encerrado a Guillermo y a sus amigos. Cuando Guillermo y Rafael vieron llegar a las mujeres se alegraron mucho. Y Elena le dice a Guillermo mientras le tomaba las manos por entre en medio de los barrotes de las rejas:

—Yo, sí te creo que dices la verdad, Guillermo.

—Gracias, Elena por creerme.

Y Guillermo le preguntó si la princesa tenía un mensajero de confianza, porque quería hacerle saber a sus padres lo que estaba pasando. Elena le trajo papel y tinta, y él escribió una carta que fue llevada por un mensajero a los padres de Guillermo.

La carta fue entregada por el mensajero a los padres de Guillermo. Y en la carta les contaba todo lo sucedido: el secuestro de la princesa, y de la espada que no creyeron que fuera de la familia, porque esa espada era de un rey. Y que lamentaba causarles esa pena. Pero él sentía la obligación de hacerles saber lo que estaba pasando.

El siguiente día, Miguel salió antes de que saliera el sol acompañado por el mensajero rumbo al castillo del rey Enrique. Cuando llegaron Miguel pidió hablar con el rey. Esperó por un rato, y luego llegó un mayordomo y lo llevó con el rey. Cuando llegó a donde estaba el rey, el rey le dice:

—Toma asiento, lo siento que esté pasando esto después de que tú y tu familia fueron tan amables con nosotros cuando pasamos por tu casa.

—Su alteza, vengo a abogar por mi hijo; él es un buen hombre, él no es ningún delincuente, es un hombre recto y de buenos morales, él jamás haría de lo que se le acusa. Él ama a su hija, y él salió de mi casa para venir hacia acá con el fin de conquistar el amor de la princesa Elena.

—Su espada fue encontrada en el lugar donde estaba secuestrada mi hija.

—Se la robaron de su habitación, señor.

—¿Y cómo explicas que esta espada siendo del rey Carlos esté en el poder de tu familia?

—Esa espada me fue dada por el rey Carlos, él es mi padre: yo soy hijo de él.

—Pues, si es cierto lo que me dices, lo único que puede salvar a tu hijo de que le corten la cabeza es que el propio rey Carlos venga y me diga que tú eres hijo de él, y que Guillermo es su nieto.

—Así, será su alteza, mi padre vendrá y confirmará lo que le estoy diciendo, pero: si algo le pasa a mi hijo veras a la armada más grande y poderosa que nunca has visto a las puertas de tu reino, y no quedará soldado vivo de tu reino.

—¿Cómo te atreves amenazarme?

Dijo el rey Enrique.

—No, su alteza no es una amenaza. Y le ruego que me perdone. Pero cuando un padre necesita ayudar a un hijo, hace lo que es necesario. Sé que usted me entiende porque usted acaba de pasar también por un momento de angustia por la princesa Elena. Ahora quiero ver a mi hijo, si usted me lo permite. Su alteza.

El rey llamó a un guardia para que llevaran a Miguel a ver a su hijo. Cuando Miguel llegó a la celda donde tenían a su hijo fue una sorpresa grande para Guillermo ver a su padre ahí, y Guillermo le dice:

—Padre, perdóname que te haya causado esta pena y esta inconveniencia.

—No te preocupes, hijo, solamente vengo a decirte que pronto saldrás de aquí.

—No, padre, todo me acusa, no será fácil.

—Tú deja todo en mis manos y ten fe, tú y tus amigos saldrán pronto.

—Ahora, me voy, no pierdas la fe, ten confianza en tu padre.

Al salir de las celdas Miguel se encontró a Elena, y Miguel le dice a Elena:

—Elena, no pierdas la fe, si tú quieres a mi hijo tú te casaras con él.

—¡Oh, Miguel, con todo lo que está pasando mi padre se va a oponer más!

—No, Elena, tu padre aceptará a mi hijo como tu marido.

—No, te entiendo, Miguel, mi padre tiene preso a tu hijo, y, ¿qué poder tienes tú para hacer cambiar a mi padre, y que él acepte a Guillermo como mi esposo?

—Bien, Elena, te lo voy a decir; mi hijo es un príncipe, pero él no lo sabe, la espada que le robaron de su habitación es mi espada, la cual me fue dada por mi padre el rey Carlos, yo soy hijo del rey Carlos y de la reina Sofía; por lo tanto, Guillermo es un príncipe.

— ¡Oh, si todo lo que me estás diciendo es verdad; que feliz me haces!

—Es verdad Elena, Es verdad.

—Debo irme, no debo perder tiempo, regresaré pronto con el rey Carlos para que aclare todo. Mientras tanto, cuida que no le pase nada a Guillermo y a sus amigos.

Elena le da un beso en la mejilla, y Miguel sale del palacio.

Llegó la princesa a la celda de Guillermo; y le dice la princesa:

— ¡Oh!, Guillermo, tu padre me acaba de dar una esperanza, y dice que pronto aclarara todo, y entonces nos podremos casar.

—Mi padre me tiene desconcertado, ¿qué puede él hacer contra un rey?

—¡Mucho, Guillermo..., Mucho; porque tu padre también es un príncipe!... Así, como lo es su hermano Andrés, el hijo del rey Carlos.

Más desconcertado Guillermo dice:

—¡No te entiendo, Elena!

—Miguel, tu padre es hijo del rey Carlos y de la reina Sofía. Es por eso que estaba la espada del rey Carlos en tu poder.

Miguel llegó de regreso a su casa, y Emma al ver que su hijo no venía con Miguel, le pregunta:

—Miguel, ¿dónde está nuestro hijo? Te dije que los quería de regreso.

—No, te preocupes, Emma, nuestro hijo está bien. El rey Enrique quiere que el rey Carlos venga y diga que yo soy hijo de él y que Guillermo es su nieto. Mañana temprano salgo con unos hombres rumbo al castillo del rey Carlos.

Y así, Miguel le contó todo lo sucedido a su familia. Preparó una escolta de sus trabajadores y salió rumbo al reino del rey Carlos.

A lo lejos Miguel divisó las torres del castillo del rey Carlos, y las alas de su corazón no quisieron tardar más en llegar, y se adelantaron en llegar dejando a Miguel atrás. Y su corazón empezó a volar dentro del castillo; viendo las escaleras que él y Emma subían corriendo cuando eran niños, luego voló por el jardín donde Emma cortaba las rosas, y finalmente voló hacia las huertas de manzano, durazno y naranjo, recordando en primavera el color de los árboles llenos de flores, y sus ojos se empañaron por las lágrimas que rodaban, pues habían pasado más de veinte años sin volver a su patria.

Cuando llegaron al castillo desmontaron de sus caballos, avisó a los centinelas que él era hijo del rey Carlos y que necesitaba entrar para hablar con el rey. Un guardia lo acompañó hacia el palacio, y cuando llegaron a la puerta principal del palacio; el guardia que acompañaba a Miguel; le dice a otro guardia que vaya avisar al rey que su hijo lo quiere ver. Después de un rato hacen pasar a Miguel y es conducido hacia una sala donde le dijeron que esperara allí. Mientras, Miguel esperaba, se puso a pensar si él en alguna vez había estado en ese cuarto, y la nostalgia que empezó a sentir tan pronto como divisó el castillo de su padre cuando venía todavía lejos: ahora se convertía a melancolía. Y estando recordando su niñez y su romance con Emma en ese lugar: su padre llega, y el rey esperaba ver a Andrés, y el padre ve a un extraño, porque por más de veinte años no había visto a Miguel, y mientras el rey Carlos se acercaba más hacia Miguel su corazón se llenó de gozo, y las lágrimas rodaron por sus mejillas al reconocer a su hijo. Y el rey Carlos dice:

—¡Eres tú, mi hijo amado!

Y abrazó a Miguel, y lo besó en la mejilla, y por un momento no dijo nada, porque las lágrimas ahogaron sus palabras. Tan pronto como deja de abrazar a Miguel agarra una campana y la hace sonar, enseguida llegó un mayordomo, y el rey le dice:

—Ve, y dile a la reina que venga a este lugar inmediatamente.

—Sí, su alteza—

Contestó el mayordomo y salió de ese cuarto.

Y el rey le dice a Miguel:

—Miguel, yo esperaba ver a Andrés, pero nunca pensé que se tratara de ti, hijo.

—Lo sé, padre; dime, ¿ya regresó Andrés de su viaje?

—No, pero dime, ¿cómo sabes que Andrés anda de viaje?

—Por cosas del destino, padre, Andrés yendo hacia el Castillo del rey Enrique pasó por mis tierras, y lo reconocí, y fue mi huésped una noche en mi casa.

Llegó la reina a esa sala y el rey le dice:

—Ven, mujer, acércate, mira quien está aquí.

La reina se acercó mirando al rey y luego a Miguel y tan pronto lo reconoce; grita de alegría y lo abraza y lo besa con lágrimas en los ojos, y dice:

—Sabía que esto pasaría un día, y se cumplió mi deseo, ahora quiero que venga Emma y mis nietos.

Y la reina toma la campana y la hace sonar. Cundo llega el mayordomo, le dice:

—Da órdenes de que preparen el mejor banquete para esta noche, y que sirvan el mejor vino, porque mi hijo ha regresado.

—Madre, y que atiendan a mis hombres y a sus caballos.

Dijo Miguel.

—Ya, escuchaste a mi hijo, ahora, ve y haz lo que te he pedido.

—Sí, mi alteza, aré todo lo que me pide.

Y salió el mayordomo.

Y Andrés Preguntó:

—Madre, ¿pueden comer mis hombres con nosotros esta noche?

—Sí, mi hijo, por supuesto, que sí.

Luego el rey Carlos le pregunta a Miguel:

—Hijo, dime, ¿cuál es la razón de tu visita?

—Padre, mi hijo el mayor, Guillermo, se enamoró de la princesa Elena, la hija del rey Enrique, y lo tiene preso, y me ha dicho que lo único que lo puede salvar de que le corten la cabeza es de que tú vayas a su reino y digas que yo soy tu hijo y que Guillermo es tu nieto. Pero, déjenme contarles todo desde el principio.

Y Así, Miguel les contó la historia desde el principio hasta el final a sus padres, y una vez que terminó, su padre le dice:

—Todo tiene solución si tú tomas el trono, y te conviertes en el rey de este reino.

—Padre, después de ti, el trono le pertenece a Andrés.

—Andrés no quiere el trono, y él va a estar feliz si le quitamos esta carga de encima; además, tú eres el mayor, y tú eres el heredero del trono.

—Sí padre, tomaré el trono para salvar a mi hijo.

Contestó Miguel.

Luego el rey dice:

—Prepararé una escolta para salir mañana mismo hacia el castillo del rey Enrique.

—Llévame contigo para conocer a mis nietos.

Dijo la reina.

—No, mujer, esperaras aquí y de regreso vendremos todos.

Se llegó la hora del banquete, y Miguel llegó con su gente al comedor; donde ya había familiares y amigos del rey, se sentaron a la mesa y la escolta de Miguel se sentía desconcertada, pues; ¿cómo ellos se iban a sentar en un banquete con el rey?, pues todavía no sabían que Miguel era el hijo del rey. En el banquete el rey anunció la llegada de su hijo Miguel, y que él sería el próximo rey muy pronto.

La mañana siguiente, salió el rey Carlos y Miguel hacia el castillo del rey Enrique.

La princesa buscó a su padre para hablar, y le dice:

—Padre, nadie sabía de mi romance con Guillermo más que sólo tú, Isabel y los amigos de Guillermo. Ya reflexioné y he llegado a la conclusión que Antonello planeó mi secuestro, y él se robó la espada de Guillermo para culparlo. Padre, todo encaja, la espada de Guillermo se encontraba en el hotel de Antonello; lo cual era accesible para él. Cuando dijo que Guillermo era un arribista que iba conquistando princesas en otros reinos: ¿Cómo supo él de mi romance con Guillermo? Y además, él siempre me ha pretendido y quiso deshacerse de Guillermo para tener el camino libre.

—No te preocupes, princesa, yo averiguaré, y si él es culpable, pagará por su crimen. La siguiente vez que él venga al castillo será arrestado e interrogado.

El siguiente día, Antonello fue arrestado e interrogado, y el rey le dice:

—Antonello, tú dijiste que este crimen se paga con la muerte, así que serás ejecutado por tu crimen.

Luego dijo la princesa:

—No, padre. No lo mates, nomas destiérralo de este reino, que nunca más regrese.

—Bien, Antonello, le debes la vida a la princesa Elena. Tienes tres días para arreglar todos tus asuntos y marcharte de este reino.

Antonello vendió todos sus bienes y a los tres días partió con toda su riqueza hacia otras tierras.

Después de algunos días llegó el rey Carlos al castillo del rey Enrique con su escolta, y pidió hablar de inmediato con el rey Enrique. Y así, habló:

—Su alteza, te presento a mi hijo Miguel, próximo rey de mi reino, ahora traerme a mi nieto el príncipe Guillermo.

En eso, llegó la princesa Elena, porque Isabel había ido corriendo a avisarle que la caravana del rey Carlos había llegado.

Luego el rey Enrique le dice a un soldado y a un criado:

—Saquen a los prisioneros, y que los bañen, y les pongan la mejor ropa del castillo, y cuando estén listos los dirigen hacia acá.

Luego el rey Enrique se dirige a Miguel y le dice:

—Miguel, ya conocía tu historia: "el príncipe que renunció a todo por amor"... pero, tenía que estar seguro que se trataba de ti.

—Yo entiendo, su alteza.

Contestó Miguel.

Luego el rey Carlos le dice a la princesa Elena:

—Ven, hija, acércate.

Y tomándola de las dos manos, le dice:

—Entonces, tú eres quien le robó el corazón a mi nieto: y no a mi hijo Andrés, y tú tienes parte de la razón por la cual yo haya venido de tan lejos.

—Sí, mi alteza.

Y la felicidad se le notaba en los ojos a Elena, y sentía ganas de llorar por la felicidad que sentía en su corazón.

Luego el rey Enrique le ordenó a los creados que llevarán a los huéspedes a las mejores habitaciones del castillo para que se asearan mientras llegaba Guillermo.

Todos salieron de allí, y Elena e Isabel fueron a buscar a Guillermo, a Rafael y a Alonso.

Cuando los terminaron de bañar y de vestir Guillermo y sus amigos se encontraron con Elena e Isabel. Elena abrazó y besó a Guillermo, e Isabel besó a Rafael, pues Isabel ya estaba enamorada de Rafael y él le correspondía.

Luego Elena le dice a Guillermo:

—Tu papá ya está aquí con tu abuelo.

—No sé qué decir, no sé qué pensar, todo esto me ha causado una sorpresa.

Dijo Guillermo.

—Todo para bien mi amor.

Le dice la princesa mientras le tomaba la mano a Guillermo y caminaban hacia la sala principal del palacio donde esperarían a que bajara el padre y el abuelo de Guillermo.

Sentados en la sala principal del castillo ya esperaban Guillermo y la princesa, Rafael y Alonso, y también Isabel, pues, la princesa le dijo a Isabel que se quedara ahí con ellos. Y Guillermo ve bajar a su padre y a su abuelo por las escaleras y se ponen todos de pie. Cuando el padre de Guillermo se acercó le da un abrazo, y luego le dice:

—Éste, es tu abuelo, el rey Carlos.

Guillermo le da un abrazo, y le dice:

—Mucho gusto Abuelo.

Luego el rey Carlos lo toma de los brazos y se le queda viendo, y le dice:

—Te pareces igual a tu padre cuando él tenía tu edad.

Luego Guillermo se acerca hacia su padre, y le pregunta:

¿Por qué nos ocultaste esto; todos estos años?

—Es una larga historia, hijo, más tarde te cuento todo.

En eso llega el rey Enrique; se acerca a Guillermo, y le dice:

—Guillermo, aquí está tu espada. Gracias por tu ayuda en el rescate de mi hija, Elena está segura de que todo fue planeado por Antonello, mi sobrino, y él te puso una trampa.

—Yo amo a la princesa Elena, y por ella doy mi vida, su alteza.

—Lo sé, y ya lo has demostrado, no hay en todo mi reino quien sea más digno de su amor que tú.

—Y ya no hay nada que se oponga entre ustedes dos, entre su amor, Guillermo, Elena, porque tú Guillermo eres un príncipe y tu padre pronto será coronado rey de mi reino.

Dijo el rey Carlos.

—Pues tienen mi bendición para que se casen.

Dijo el rey Enrique, y Elena abraza al rey y le da un beso, y le dice:

—Gracias, padre, me haces tan feliz.

Luego el rey toma la mano de su hija y la de Guillermo, y hace que se agarren de la mano, y dice:

—¡Aremos una gran boda!

Luego el rey Carlos dice:

—Pero será en mi reino.

—¡Oh!, no, será en este reino, porque acuérdate Carlos que dicen las santas escrituras:

"dejará el hombre a su madre y a su padre para seguir a su mujer"...

Y así, salieron los reyes de la sala rumbo a los jardines del palacio discutiendo donde se llevaría a cabo la boda.

CAPÍTULO 4

Regresado Por El Amor A Su Patria

Miguel repartió sus tierras entre sus trabajadores antes de salir con su familia hacia a su reino. Serró las puertas de su casa con lágrimas en los ojos, y se dijo a sí mismo en lo más profundo de su alma y de su corazón:

—¡Oh!, fui tan feliz aquí con mis hijos y mi esposa, trabajé aquí la tierra y eso me trajo felicidad y tranquilidad, y ahora regreso a mi patria, a mi tierra, a esa tierra que tanto añoré. ¡Oh!, cuantas veces me soñé que regresaba a ella y al despertar lloraba al darme cuenta que sólo era un sueño, y ahora me duele tanto dejar mi casa y mis tierras.

Por el otro lado, Victoria estaba tan feliz ya estando dentro de una carroza lista para salir hacia la tierra de su padre, y viéndose rodeada de guardias jóvenes y varoniles, dice:

—Mamá, no lo puedo creer que yo soy una princesa. ¡Ay, estoy tan emocionada!

—Sí, hija, tú eres una princesa.

Dijo Emma.

—Ya quiero llegar y conocer a mi abuela la reina Sofía.

Volvió a decir Victoria, y luego le pregunta a Sara:

—Y, tú, Sara, ¿cómo te sientes y qué piensas de esta situación?

—Yo también estoy emocionada.

Dijo Sara.

—De seguro vamos a conocer muchos jóvenes guapos.

Dijo Victoria. Luego dice Emma:

—Así es, hija. Prométeme, hija, que si un día te enamoras de alguien va a hacer por tus sentimientos y los sentimientos del que te enamores, y que no va a hacer por riquezas ni por títulos de la nobleza, sino por amor, y que vas a defender tu amor, sin importar la clase y la condición del que te enamores.

—Sí, mami, te lo prometo.

Victoria era una niña romántica y soñadora, y con un corazón tan dulce como las montañas y los valles de donde nació y creció: con un corazón tan cristalino como los arroyos que bajaban de la montaña. Pero a veces por el ímpetu de su juventud era un poco desenfrenada, pero ahí siempre estaba Sara a su lado para pararla y enseñarle. Pues Sara aparte de su juventud y de su belleza era madura y muy centrada.

Y después de varios días llegó la caravana al castillo del rey Carlos, y afuera frente a la puerta de la entrada principal del palacio esperaba la reina Sofía ansiosa. Cuando las mujeres bajaron de la carroza se dirigieron hacia la reina que no podía contener las lágrimas, la reina abrazó a Emma con lágrimas en los ojos, y estaba tan feliz de verla, porque ella quería a Emma como a una hija, luego le dice a un criado:

—Ve, y avísale a Lucía y a Reymundo que su hija y sus nietos han llegado.

Luego Victoria se lanzó a los brazos de la reina, y le dice:

—¡Oh!, abuela, tenía tantas ganas de conocerte.

Lugo añadió:

—Mira, abuela, ella es Sara, él es Arturo, y él es Guillermo... ¡Ah!, y yo soy Victoria.

Y después de los abrazos y besos entraron al palacio. Y Victoria dice:

—Mami, ¿dónde está mi abuela Lucía y mi abuelo Reymundo?

—Ya vienen en camino, hija.

Dijo la reina.

Y Victoria trajo al castillo su alegría y su juventud angelical y desenfrenada, la pureza y la dulzura del campo en su corazón. Y se ganó el amor de los abuelos instantáneamente. Sara pasaba unas horas con su abuela Lucía en la cocina aprendiendo de ella. Y después otras horas con su abuela Sofía aprendiendo las responsabilidades de una princesa.

A los pocos días fue coronado Miguel como rey de ese reino: Emma fue coronada como reina, y los hijos fueron presentados como príncipes y princesas.

¡Y así, el propio amor regresó a Miguel a su patria para que él tomara el reinado de su país! ¡Porque por amor un día salió Miguel de su país y por amor regresó!

EMMA

FIN

POR
RAMÓN G. GUILLÉN

Antonello llegó al castillo del rey Enrique con un ejército. Derrotó al ejército del rey Enrique y se proclamó como rey de ese reino. Y tomó preso al rey y a la princesa Elena.

Pero: ésa es otra historia.

El rescate de la princesa Elena

Antonello se reunió con un tal Felipo, dueño de un ejército bandolero, y le ofreció tanto oro por su ejército que no vaciló en vendérselo. Y Felipo le pregunta a Antonello:

—Y ¿para qué compraste mi ejército?, Antonello.

—Fui desterrado de mi reino por el rey Enrique, y ahora quiero quitarlo del trono y convertirme en el próximo rey. Felipo quédate a cargo del ejército y ayúdame a revolcar al rey Enrique, y tendrás más oro y también te daré poder una vez que sea rey de mi reino.

Ya era más de las doce de la noche, y Rafael e Isabel la bella doncella romanceaban por el jardín del palacio, luego Rafael la jala hacia unas columnas, la abraza en lo obscuro, y le dice casi en el oído:

—¿Qué me has hecho?, que estoy loco por ti.

En eso escucharon gemidos de dolor, procuraron ver de dónde procedían, y vieron hombres atacando a los guardias del castillo. E Isabel pregunta:

—¿Qué está pasando?, Rafael.

—No sé, Isabel.

Luego Isabel le dice a Rafael:

—Ven por aquí, y ocultémonos del peligro.

Isabel condujo a Rafael hacia un cuarto, y dijo:

—Quedémonos aquí hasta que pase esta trifulca, después averiguaré qué está pasando.

Después de un rato dijo Isabel:

—Quédate aquí, Rafael, iré a averiguar qué pasó. Tú quédate aquí, no salgas para nada.

Rafael dijo:

—¿No será peligroso?

—No te preocupes, yo soy mujer, a mí no me harán nada.

Y salió Isabel del cuarto dirigiéndose hacia la habitación de la princesa Elena. Cuando llegó Isabel al cuarto de la princesa vio a Antonello y a unos bandoleros con Isabel, y Antonello le decía:

—Ya tengo preso a tú padre, yo seré el próximo rey y tú serás mi esposa.

La princesa se aproximó a él y le dio un par de bofetadas, y le dice:

—Eres un infame cobarde.

Y Antonello les dice a los guardias:

—Enciérrenla también en una celda.

Y viendo a Isabel le dice:

—Isabel, ahora le llevaras de comer a la princesa a la celda.

Y se llevaron al calabozo a la princesa Elena.

Llegó Isabel al cuarto donde estaba Rafael, y le dice:

—Es Antonello que llegó con un ejército y apresó al rey y a la princesa Elena. Y le escuché decir que él sería el próximo rey y que la princesa Elena sería su esposa.

—Tengo que avisarle a Guillermo de lo que está pasando. Debo irme ya.

—Te voy a llevar por donde no te vean los soldados.

Dijo Isabel, y luego condujo a Rafael. Isabel y Rafael se dieron un largo y profundo beso y se despidieron.

El siguiente día, Antonello llegó a la celda del rey Enrique, y le dice:

—Su alteza, tengo presa a la princesa Elena, y para no matarla quiero que anuncies que yo seré el próximo rey y esposo de la princesa Elena.

—¡Maldito cobarde! Después de que te salvé la vida me pagas con esto.

—¡Oh! No, la vida se la debo a mi futura esposa, porque tú sí ibas a ejecutarme, ¿recuerdas?... Convocaré una junta para que anuncies hoy que yo seré el próximo rey, y si no lo haces, morirá la princesa hoy mismo.

Luego se dirigió hacia el calabozo de la princesa, y le dice:

—Elena, tu padre será ejecutado hoy mismo, a menos que tú lo quieras salvar.

—¿Cómo lo puedo salvar yo, Antonello?

—Si aceptas ser mi esposa le perdono la vida.

Luego la princesa con lágrimas en los ojos dice:

—Está bien, acepto, maldito cobarde.

Sacaron al rey Enrique de la celda, lo asearon y lo vistieron. Luego fue conducido hacia la sala de conferencia donde ya lo esperaba la junta de gobierno del rey Enrique, y allí anunció que Antonello sería el próximo rey y esposo de la princesa Elena. Y se empezaron a hacer los preparativos para la ceremonia de la corona, y la ceremonia de la boda de Antonello y la princesa Elena.

Isabel le llevó la comida a la princesa Elena al calabozo donde la tenían. Y Elena dice con lágrimas en los ojos:

—Mira, Isabel, apenas unos días yo estaba a fuera de esta celda, y Guillermo adentro.

Luego Isabel en voz baja dice:

—Elena, ya Rafael fue a avisarle a Guillermo, posiblemente muy pronto vendrán a rescatarte.

—¡Oh! Isabel, ojalá no lleguen tarde, porque he aceptado casarme con Antonello para que no mate a mi padre.

Pasaron los días, y la familia del rey Miguel y de la reina Emma, se preparaban para partir hacia el reino del rey Enrique para celebrar la boda del príncipe Guillermo y de la princesa Elena. Entonces llegó Alonso y Rafael al castillo del rey Miguel. Fueron recibidos por el rey y los príncipes Guillermo y Arturo. Arturo y Guillermo se acercaron a Rafael y a Alonso, y Guillermo les dice:

—Rafa, Alonso, qué alegría verlos.

Y le da un abrazo a Rafael y a Alonso. Luego Rafael dice:

—Guillermo, no traemos buenas noticias.

Luego preguntó el rey Miguel:

—¿Qué pasó?, Rafael.

—Antonello, el sobrino del rey llegó con un ejército grande al castillo del rey Enrique, tomaron por sorpresa a los guardias, murió parte del ejército del rey, y apresaron al rey Enrique y a la princesa Elena. Y dijo que él sería el próximo rey y esposo de la princesa Elena. Y tiene preso al rey y a la princesa Elena.

Guillermo se afligió mucho, y dice:

—Padre ¿qué hago?

—No tenemos que precipitarnos a nada. Primero mandaré a unos hombres al reino del rey Enrique para que estudien la situación, para que me traigan un informe de cuantos hombres tiene Antonello y del lugar estratégico por dónde podemos atacar. Mientras tanto, ustedes se prepararan en ejercicios y conocimiento de combate.

Miguel mandó llamar al jefe de su ejército. Cuando llegó, Miguel le pregunta:

—¿Cómo te llamas?

—Me llamo Alfonso, su alteza.

Volvió a preguntar el rey:

—Alfonso, ¿está listo el ejército para una batalla?

—No, su alteza, pero estaremos listos en una semana.

—¿Por qué no está listo? Alfonso.

—Su alteza, vivimos en una época donde por el momento no tenemos enemigos, ni tenemos que defendernos de nadie.

—Bien, Alfonso, es posible que tengamos que pelear muy pronto, prepara el ejército, y también te entrego a estos cuatro hombres para que los ejercites para combate.

—Sí, su alteza.

El rey Miguel se reunió con su esposa, y le dice:

—Emma, ya no iremos al reino del rey Enrique.

—¿Por qué? Miguel.

—El sobrino del rey, Antonello, derrotó al ejército del rey Enrique, secuestró al rey y a su hija la princesa Elena, y se proclamó como rey de ese reino.

—¡Hay!, Miguel, qué tragedia. Y ¿qué va a pasar ahora?

—El ejército ha empezado a preparase, derrotaremos el ejército de Antonello, rescataremos al rey Enrique y a su hija la princesa Elena, y luego lo restituiremos al trono.

Luego la reina dice:

—¿Cómo te enteraste de esto?

—Llegó Rafael y Alonso con la noticia.

—Y ¿cómo está Guillermo?

—Afligido y preocupado, ya lo mandé a él y a sus amigos a entrenamientos del ejército para que tenga su mente ocupada y no esté pensando tanto en esta situación.

—¡Ay!, Miguel, conozco a mi hijo, no habrá nada que distraiga su mente para no pensar en Elena. Si van a batalla, no quiero que vaya Arturo.

—No te preocupes, mujer, Arturo no irá. Ahora te dejo porque voy a convocar una junta con el gabinete de gobierno y con la junta de consejeros para preguntar cuales son los hombres adecuados para mandarlos al reino del rey Enrique y me traigan un informe sobre todo lo que está pasando.

Pasaron los días de entrenamiento, y Guillermo ya no pudo más, y se reunió con Arturo, Alonso y Rafael, y les dice:

—Ya no voy a esperar más. Si ustedes me ayudan iremos a rescatar a la princesa Elena.

Arturo dijo:

—Yo sí voy, Guillermo.

—Tú sabes nuestra respuesta, Guillermo.
Dijo Alonso.

—Bien, nos iremos mañana antes de que salga el sol. Sin que nadie se dé cuenta. Esta noche prepararemos todo.

La mañana siguiente, todavía obscura la mañana, dejaron el palacio del rey Miguel los cuatro jinetes dirigiéndose hacia el palacio del rey Enrique para rescatar al rey Enrique y a la princesa Elena. Y por el camino Rafael dice:

—Guillermo cuando lleguemos a nuestro pueblo pasemos por Nicolás para que nos ayude, él es muy fuerte y sabe pelear muy bien.

—Sí, Rafa, está bien.
Contestó Guillermo.

Llegaron a la casa de la colina de los padres de Guillermo y Arturo.

Abrieron la casa y entraron a descansar y a planear el rescate de la princesa Elena y del rey Enrique. Ese mismo día Alonso bajó al pueblo para traer a Nicolás a la casa de Guillermo. Ya estando Nicolás en la casa, Guillermo dice:

—Rafael, Alonso, a nosotros tres Antonello nos conoce, no podemos arriesgarnos a que nos vea, porque si nos llega a ver nos arrestará o nos matará, por eso cuando lleguemos a la ciudad nos ocultaremos para no dar la cara mucho. Sin embargo, a ti Arturo, y a ti Nicolás nadie los conoce, así que ustedes jugaran un papel muy importante en el rescate, porque pueden andar libres en el pueblo sin temor de nada, estudiaran el aria por dónde podemos escapar, averiguaran el lugar preciso dónde esperar con los caballos una vez que rescatemos a la princesa...,

Guillermo hizo una pausa, entonces Rafael vio la oportunidad para hablar:

—Guillermo, yo conozco el castillo por dentro, además, Isabel nos ayudará, ella conoce hasta el último rincón del castillo. Y llegando al pueblo, enseguida buscaré a Isabel, necesito saber que está bien.

Luego Alonso dijo:

—Ya veo que Cupido te flechó con Isabel, Rafael.

Y los otros amigos sonrieron mirando a Rafael.

Y Rafael dijo:

—¿Qué me miran? No soy el único. Miren a Guillermo como está de afligido por la princesa Elena.

Luego Arturo dijo:

—Pero: ¿tú, Rafael?, el mujeriego que decía que ninguna mujer lo atraparía.

—¡Sí! Ahora que vea a Isabel le voy a pedir que sea mi esposa.

Luego Guillermo dijo:

—Rafa, si te casas con Isabel esta casa será tuya, le diré a mi padre que te la regale. Y con las tierras que te regaló mi padre; si las trabajas vivirás cómodamente.

—¿En verdad?, Guillermo.

—Sí, Rafa.

Y salió Guillermo de su casa con sus cuatro mejores amigos: Arturo, Rafael, Alonso y Nicolás rumbo al castillo del rey Enrique para rescatar a la princesa Elena. Se quedó Guillermo, Rafael y Alonso en el bosque cerca de la ciudad mientras Arturo y Nicolás buscaban un lugar dónde alojarse en la ciudad. Arturo rentó una casa y luego regresaron por los tres hombres que se habían quedado en el bosque.

Rafael esperaba a Isabel que saliera con su canasta del castillo para comprar las verduras, cuando ya salió se acercó y le dice:

—Isabel, no voltees, sigue escogiendo las verduras. Ya que termines te voy a seguir y voy a entrar contigo al castillo.

Y se retiró Rafael de allí.

Rafael entró con Isabel al castillo, y ya a dentro, Isabel besó apasionadamente a Rafael. Luego Rafael le pregunta:

—¿Cuéntame que ha pasado?

Isabel dijo:

—Ya están preparando todo para la ceremonia de la coronación de Antonello y la boda de la princesa Elena. Después de la coronación se celebrará la boda.

Rafael, ¿preguntó?:

—¿Cuándo se llevará a cabo?

—En dos días.

—¿As visto a la princesa y al rey?

—Sí, yo les llevo la comida todos los días.

—¿Cuántos guardias hay cuidándolos?

—Hay nada más dos, uno adentro de las celdas y uno afuera. Y tan pronto se anochece nadie se para por ahí.

Rafael dijo:

—Bien, Isabel, vamos a necesitar de tu ayuda para rescatar a la princesa Elena y al rey, cuando estemos listos nos tendrás que abrir la puerta de servicio para nosotros poder entrar.

Lo haremos por la noche sin que nadie se dé cuenta.

Luego Isabel dijo:

—Yo me quiero ir con ustedes cuando rescaten al rey y a la princesa.

—No, Isabel, tú te quedarás aquí, no quiero exponerte al peligro. Ya que dejemos al rey Enrique y a la princesa Elena en el reino del rey Miguel, vendré y te pediré que seas mi esposa.

—¡¿Deberás, Rafael, quieres que yo sea tu esposa?!

—Sí, Isabel, si tú me aceptas.

—Claro que sí, Rafael, te estaré esperando con ansias.

Dijo Isabel, y luego se besaron vigorosamente y con pasión.

La noche siguiente, entró Guillermo con sus amigos al castillo para rescatar a la princesa y al rey, tomaron por sorpresa a los dos guardias, los encerraron en un calabozo, y sacaron al rey y a la princesa de las celdas, después fueron conducidos por Isabel a donde Arturo esperaba con los caballos. Isabel y Rafael se despidieron con un beso profundo y apasionado, y luego se marchó el grupo en medio de la noche hacia el reino del rey Miguel.

El siguiente día, ya tarde, Antonello se dio cuenta que el rey y la princesa habían escapado, pero como su coronación como rey era el siguiente día ya no quiso seguirle las pistas, pues para él era más importante convertirse en rey, y así fue, el siguiente día, se coronó como rey de ese reino.

Guillermo y los amigos de Guillermo llegaron al castillo con la princesa y el rey Enrique, y se sintió el rey y la princesa a salvo. El rey Miguel, la reina Emma, la princesa Sara y la princesa Victoria recibieron con alegría la llegada de todos ellos, luego Sara y Victoria se llevaron a la princesa Elena con ellas. Y Victoria dice:

—Elena, nos tienes que contar todo, desde el principio hasta el final.

—Sí, Victoria, les contaré todo.

Al siguiente día Guillermo llegó con sus padres, y les dice:

—Padres, quiero casarme ya con Elena.

Y a los tres días de la llegada de Elena se casaron el príncipe Guillermo y la princesa Elena.

Y así el amor regresó a Miguel y a Emma a su reino, y unió a Guillermo y a la princesa Elena para siempre.

FIN

Por
Ramón G. Guillén

Y el rey Miguel, y el rey Enrique, hacían planes para derrocar al ejército de Antonello, y así recuperar su castillo y su trono.

Pero ésa es otra historia.

Printed in the United States
By Bookmasters